Miraş Çağrı Aktaş'tan

# *Hayat Kaybettiğin Yerden Başlar*

Miraç Çağrı Aktaş

Baskı: Eylül 2021
ISBN: 978-625-7671-29-3
Yayınevi Sertifika No: 31594



Editör: Yeliz Eke
Son Okuma: Ayşe Nur Buğalı
Sayfa Tasarımı: B&S Ajans
İç Görseller: Büşra Sena Yılmaz
Kapak Tasarımı: Büşra Sena Yılmaz

Baskı
My Matbaacılık San. ve Tic. Ltd. Şti.
Maltepe Mah. Yılanlı Ayazma Sok. No: 8 Kat: 2
Zeytinburnu / İstanbul Tel: 0 (212) 674 85 28
Sertifika No: 47939

indigo yay

İNDİGO YAY. DAĞ. PAZ. REK. LTD. ŞTİ.
Üniversite Mah. Civan Sok. Allure Tower No: 1 Kat: 23 / 330 Avcılar / İstanbul
Tel: 0 (212) 438 17 83 • Fax: 0 (212) 438 17 84
www.indigokitap.com • info@indigokitap.com

İNDİGO YAY Bir İndigo Kitap Yayın Dağ. Paz. Rek. Ltd. Şti. markasıdır.

# Hayat Kaybettiğin Yerden Başlar

MİRAÇ ÇAĞRI AKTAŞ

İ N D İ G O K İ T A P

Ustaya sormuşlar:
"Her şeyi kaybettik, ne yapacağız?"
Usta cevaplamış:
"Çay koy, yeniden başlayacağız..."

## Günün Tavsiyesi

Bugün Peyami Safa'nın şu sözüne kulak veriyoruz:

"Bugün mutlu ol;

çünkü kimse senin üzgün olmanı umursamıyor."

Kaybettiğinizi düşündüğünüz an
şu cümleyi getirin aklınıza:
"Kalbi güzel olan, kaybetse de kazanır."

"Arkana bakma dostum.
Asla arkana bakma.
Sonradan fikir yürütmeden,
suçluluğa kapılmadan,
duraksamadan ilerle.
Hayatın önünde uzanmaktadır,
arkanda değil.
Yaptığın şeyi yapmışsındır.
Bunu değiştiremezsin;
fakat ilerleyebilirsin."

Neale Donald Walsch

## *Kaybedenler Durağı*

Hayat bir yol ve bu yol ne bir kelebeğin ömrü kadar kısa ne de çok uzun. Her şeyin an üzerine kurulu olduğu bu hayatta hepimiz şu an bir yerlerde yolculuk halindeyiz. Mesela sen de şu an yolculuk halindesin ve bu yolculukta sana bu kitap yol arkadaşı olacak.

Şimdi arkana yaslan, kahveni yudumla ve sayfaları çevir.

*Next station is Kaybedenler Durağı.**

Kaybetmek, hayatın nişanlısı bence. Hepimiz kaybetme duygusunu yaşadık veya günün birinde mutlaka yaşayacağız.

Ölüm gibi kaçınılmaz bir şey bu kaybetmek. Acıtıyor ama öldürmüyor. Öldürmeyen acı, insanı daha da güçlendiriyor.

Kaybetme duygusunu yaşayanlar ve yaşamayanlar olarak iki gruba ayrılalım şimdi. Önce yaşayanlardan başlayalım mı? Korkma, korkma; kaybetme duygusunu yaşamış olman, senin için her şeyin bitip tükendiği anlamına gelmiyor. Kaybedenler durağı son durağın değil. Yolun devamı var. Burada canın acıyacak, yıpranacaksın, yorulacaksın ama emin ol; her zerresine değecek.

Çünkü bu durak sana hayattaki en pahalı şeyi yani tecrübeyi verecek.

---

* (İng.) Gelecek istasyon: Kaybedenler Durağı. (ed.n.)

Bazen kaybetmek de güzeldir. Kaybettiklerinden güzel kazançlar sağlarsın. Bugün bir şeyleri kaybetmiş olabilirsin, yere düşmüş olabilirsin, hatta bu süreçte zaman zaman yanında varlığını hissedeceğin birilerine ihtiyaç duyarak bütün sıkıntılarla tek başına da mücadele ediyor olabilirsin.

Hiç dert değil.

Kaybetmek acıtır, yıpratır. Cefası da zordur fakat kaybettikten ve düştükten sonra tek başına ayağa kalkabilmenin sefasını anlatamam. Bu anlatılmaz, yaşanır. Bazen bir şeyleri kazanmak için de kaybetmek gerekir.

Tecrübe dediğimiz o şey kolay kazanılmıyor. Pişmek için biraz yanmak gerekiyor.

İnsan bazen yanmayı da göze alabilmelidir. Sen bunu göze aldın ve buradan daha güçlü çıkacaksın.

Diğer gruba yani kaybetme duygusunu yaşamayanlara gelecek olursak, şanlısınız, yani en azından şimdilik; çünkü kaybedeceğiniz bir şeylere sahipsiniz. Belki bunu söylediğim için bana kızacaksınız ama dost acı söyler, bir gün siz de kaybedenler durağında ineceksiniz.

Bu durak biraz acıtır, biraz yıpratır ancak acıtıp yıprattığı gibi sizi bu duraktan en güzel şekilde uğurlamasını da bilir. Kaybetmekten korkmayın. Bir şeyleri kazanmanız için bazı şeyleri kaybetmeyi göze alın ve kaybettiğinizde üzülmeyin, daha iyilerinin başlaması için, daha iyilerine sahip olmanız için bazı şeylerin sona ermesi lazım. Bugün kaybettiğinizi, yarın çok daha güzel kazanacaksınız. Bazı savaşlar kaybederek kazanılır, siz kaybederek kazanan olacaksınız.

"Peki sen hangi gruptasın?" diye soracak olursanız, ben yaşayanlar grubundayım.

Yani acıya bağışıklığım var anlayacağınız.

Bir üzüntüye düştüğümde ve canım yandığında, eskisinden daha kısa sürüyor iyileşmem. İnsan bir süre sonra kaybede kaybede hayattaki bütün olumsuzluklara bağışıklık kazanıyor.

Bugün kaybediyor ama ertesi gün hayata yeniden kaybettiği yerden başlıyor.

Çünkü hayat her şeye rağmen devam ediyor.

**Pes etme, hayat devam ediyor...**

Bu cümleyi her ne yaşarsan yaşa, aklının bir köşesine yazmanı ve en kötü anında bile kendine tekrar etmeni istiyorum:

**Hayat devam ediyor...**

Seni tam anlamıyla düştüğün yerden kaldırmaz belki ama el uzatır sana. Sen de kendinden aldığın güçle kalkarsın ayağa. Ne yaşarsan yaşa, unutmazsın belki ama alışırsın o acılara.

Kaybettiğin ve yokluğuna alıştığın her şey biraz daha acıtır fakat güçlenirsin. Kaç yaşında olursan ol, ne yaşarsan yaşa, Albert Camus'nün de dediği gibi:

**"İnsan eninde sonunda her şeye alışır."***

Bir şeyleri kaybettiğimize çok üzülürüz bazen ama şöyle bir gerçek var ki, kaybettiğimiz şeylerin bize kattığı gücü hiçbir şeyle satın alamayız.

Bazen öyle bağlanırız ki bir şeylere, birilerine; bağlandığımız o şeyin yokluğu kapımızı çaldığında, kapı deliğinden kim o diye bakar, içeri almak istemeyiz onu. Çünkü

* Albert Camus, *Yabancı*, çev., Vedat Günyol (İstanbul: Can Yayınları, 2012), s. 74.

bağlanmışızdır çoktan. Varlığına alıştığımız her ne varsa yokluğunu yaşamak istemeyiz. Bağlandığımız her şey, alışkanlığımız olduğundan bazen bu durum öyle bir hal alır ki, öyle bir bağlanırız ki, sanki ondan önce bir hayatımız yokmuş gibi, hayatımızın onunla var olduğunu düşünecek kadar kör oluruz.

Kendimize haksızlığı da tam olarak burada yaparız aslında. Kimseyle var olmadık ki birilerinin yokluğuyla yok olalım. Kimse kimsenin yokluğundan ölmüyor. Bir müddet acı çekiyor belki ama ölmüyor. Bak Tezer Özlü ne diyor:

**"Herkes herkessiz yaşayabilir."***

Bir insanın hayatı, başka bir insanın hayatıyla anlam kazanabilir belki evet; ama bir insanın hayatı, tek başına da anlamsız değildir. Şöyle bir düşün şimdi; yokluğuna alışamam dediğin insanlar mazi olmadı mı? Bir zamanlar hayatına aldığında, uğruna her şeye değer dediğin ve bütün imkânlarını seferber ettiğin insanı kaybettiğinde üzülmüştün.

Hatta zaman zaman, onsuz nasıl yaparım, dediğin günler bile olmuştu.

Ama çok da güzel onsuz da yapmadın mı? Yaptın. Yokluğuna alışmadın mı? Alıştın.

Düştün, ayağa kalkamam dedin. Kalkmadın mı? Kalktın.

Kimseyle var olmadın, kimsenin yokluğuyla da yok olmayacaksın.

Bir zamanlar içinden çıkamam dediğin, atlatamam dediğin acıları hep geride bıraktın.

---

* Tezer Özlü, *Çocukluğun Soğuk Geceleri* (İstanbul: Yapı Kredi Yayınları, 2015), s. 37.

**Geçmez dediğin bütün acılara bağışıklık kazandın.**

Şimdi kaybettim diye üzüldüğün o insandan önceki hayatını düşün, çok da güzel yaşıyordun hayatını. Ondan sonra da yaşayacaksın. Bazı acılardan kaçamazsın belki. O acıların etrafından da dolaşamazsın, yaşaman gerekir. Acı da zaten yaşanmayı talep eder. Yaşa acını ama teslim olma. Düştüysen daha önce de kalktın.

Şu cümleyi de kendine sık sık tekrarla:

**"Düştüysem bu ilk değil, yine kalkarım."**

Bir zamanlar canını çok acıtan acılar için verdiğin ne savaşları kazandın.

Bazen çok sert düştün ama yine de ayağa kalktın.

Sakın kimseye, "Ben sensiz yaşayamam," deme, yaşarsın.

Sana yaşatılan hiçbir şeyi unutmazsın belki ama onlarla yaşamaya da alışırsın.

**Düşmekten de korkma, düş.**
**Ayağa yine kalkarsın.**

**"Sen Allah'a güven.**
**Hiç beklemediğin anda çiçek açar umutlar."**

Hz. Mevlâna

Hiçbir zaman umutsuzluğa kapılma. En kötü zamanında bile sarılacağın bir umudun olsun hayatında. Düştüğünde tekrar ayağa kalkabileceğine, üzüldüğünde mutlu olabileceğine, terk edildiğinde yeniden sevebileceğine, çıkmaza girdiğinde mutlaka bir çıkış kapısının olduğuna dair bir umudun olsun. O umudunu, hayatının her metrekaresine öyle bir yay ki kimse alamasın senden onu. Kimsenin ulaşamayacağı bir yerde sakla. Her şeyini kaybet ama onu sakın kaybetme. Onu kaybettiğin zaman geriye kaybedecek bir şeyin kalmıyor çünkü.

Hâlâ hayattayken ve hâlâ nefes alabiliyorken umudunu kaybetmiş, hayattan uzaklaşmış insanlara hep üzülmüşümdür. Bu yüzden nerede umutsuzluğa kapılmış bir hayat görsem dokunmaya çalışırım.

Siz de elinizin uzandığı, susuzluktan solup ölmek üzere olan bir çiçeğe su verip hayata döndürürmüşçesine, umut serpin gördüğünüz umutsuz hayatlara.

Ve umutsuzluğun sizi ele geçirmesine izin vermeyin. Hayattayken ve hiçbir şeye geç kalmamışken hayata küsmek niye? Umutsuzluğa kapılmak niye?

Şu söz kulağına küpe olsun: "Her şey var ama asla umutsuz olmak yok!"

Tayfun Topaloğlu diyor ki:

**"Bir mucizeye ihtiyacınız yok aslında.**

**Bir mucize olduğunuzu hatırlamaya ihtiyacınız var."**

Mucizeyi çok uzakta aramayın, mucizenin ta kendisi sizsiniz.

"Bir kurbağa sürüsü ormanda ilerlerken ikisi bir çukura düşmüş. Diğer bütün kurbağalar çukurun etrafında toplanıp çaresiz bir şekilde bakmışlar.

Çukur bir hayli derin olduğundan düşen arkadaşlarının zıplayıp dışarı çıkması pek de mümkün gözükmüyormuş. Yukarıdaki kurbağalar, çukurdaki arkadaşlarına boşuna çabalamamalarını söylemişler:

'Çukur çok derin. Dışarı çıkmanız imkânsız!'

Fakat çukura düşen kurbağalar onların söylediklerine aldırmayıp çıkmak için mücadele etmeye devam etmişler.

Çukurun başındakiler ise hâlâ boşuna çırpınıp durmamalarını ve ölümün onlar için kurtuluş olduğunu söylemişler arkadaşlarına. Sonunda çukurdaki kurbağalardan biri söylenenlerden etkilenmiş ve mücadeleyi bırakmış. Diğeri çabalamaya devam etmiş. Yukarıdakiler, çırpınıp durarak daha çok acı çekeceklerini söylemeye devam etmişler.

Mücadeleyi bırakmayan ve içindeki yaşama umuduna sarılan o kurbağa, söylenen hiçbir şeye aldırmadan son bir hamle daha yapmış ve yükseğe sıçrayıp çukurdan çıkmış. Arkadaşlarının umudunu kıracağı sözlerine hiç kulak asmamıştı çünkü o kurbağa sağırmış."[1]

Hayatta bazen bizler de o çukurlara düşeriz ve zor zamanlardan geçeriz. İnsanlar bize pes etmemiz gerektiğini, boş yere çabalamamamız gerektiğini söyler. İçinde bulunduğumuz durumdan kurtulamayacağımızı söyleyerek bize umutsuzluk aşılamaya çalışırlar. Ama biz kulak asmamalıyız. İçimizdeki umuda sımsıkı sarılmalıyız.

Şems-i Tebrizî umutsuzluğa kapılanlara şöyle seslenmiş:

**"Kalk, silkelen, kendine gel. Umutsuzluğa sarılma. Umutsuzluk şeytandan, ümit etmek Allah'tandır."**

İçinizdeki umuda güvenin. Umudunuzu kırmaya çalışan insanlara kulaklarınızı kapayın.

Kimsenin sizi inandığınız yoldan geri çevirmesine izin vermeyin.

O yol sizin, o umut sizin. Sımsıkı sarılın onlara.

"Hiç kimseyi kaybetmedik biz.
Daha fazla üzülmeyelim diye
Allah bazı insanları hayatımızdan aldı,
hepsi bu."

## *Kendine bir iyilik yap: Kendini keşfet.*

Hiçbir şey için geç kalmadın, bulunduğun yerden kafanı kaldırıp önüne baktığında hiçbir şey için geç olmadığını da göreceksin. Yalnızca keşfetmeye ihtiyacın var. Sende de bu güç var. İhtiyacın olan tek şey, biraz ilham. Bu da sana çok uzak değil.

Mesela Einstein, onun zekâsıyla dalga geçenler, ona geri zekâlı diyenler oldu. O ise kendisini keşfetti, atomu parçaladı ve umutsuzluğa kapılmış insanlara şöyle seslendi:

**"Sakın sana kötüsün diyenlere aldırma,**
**bana da geri zekâlı dediler ve**
**atomu parçalayıp ellerine verdim."**

Sana hiçbir şey için geç olmadığını hatırlatacak bir şey söyleyeyim:

Hâlâ hayattasın. Şimdi derin bir nefes al, hayatta olduğunun ve henüz bir şeylere geç kalmadığının farkına var. Sonra da kendini bulmak için harekete geç.

Gerekirse kendine yeni bir sayfa aç. Hatta gerekirse yeni bir defter al.

İnsanlara kulağını kapa, her şeye yeniden başla. Yeniden başlamak için asla korkma.

Artık insanların değil, hayallerinin peşinden koş. Gerçekleştirmek istediğin her ne varsa gerçekleştir. Yapmak istediğin ne varsa yap.

Mark Twain bize şöyle seslenmiş:

**"Bundan yirmi yıl sonra yaptıkların değil,**

**yapamadıkların için üzüleceksin.**

**Dolayısıyla halatları çöz.**

**Güvenli limandan uzaklara yelken aç.**

**Rüzgârı yakala, araştır, düşle, keşfet."**

Bundan yıllar sonra yapamadığın bir şey için pişmanlık duyma. Bu hikâyenin kahramanı sensin.

Kalem senin elinde. Hikâyeni en doğru ve en güzel şekilde yaz.

Güzel bir hikâyen olsun ve insanlar da senin hayatından ilham alsın.

**Hayat senin, yaşamak güzel ve**
**hakkını verecek enerjiye sahipsin.**

## *Sıkıntı ve stresle nasıl başa çıkarız?*

Hayatta hemen hemen her canlının sıkıntıyla karşılaştığını biliyoruz. İnsanın da istemediği ot ne yapar? Cevap basit: Tabii ki burnunun dibinde biter. Sıkıntı, stres hepimizin hayatında var.

Bakın, yaşadığımız bu hayata bir isyan değil; yoklama alıyorum sadece. Sonra, "İsyankâr isyankâr konuşmaya başladı yine," demeyin. ☺ Ne diyorduk? Stres...

Bugün, "Ben sıkıntısız ve stressiz bir hayat yaşıyorum," diyen var mı?

Var diyen varsa da inanmam. ☺ Bugün hemen hemen hepimizin aynı konularda olmasa da boğuşup mücadele ettiği sıkıntılar var. Şöyle bir düşünmenizi istiyorum şimdi: Her şey toz pembe olsaydı, her gün mutlu olsaydık, hiçbir zaman acı çekmeseydik, üzülmeseydik ve sıkıntı, stres hayatımıza uğramasaydı hayatın bir anlamı olur muydu? Bana soracak olursanız, kesinlikle olmazdı. Ben bu hayatın denge üzerine inşa edildiğini düşünüyorum. Mutlu olduğumuz kadar mutsuz olabiliyoruz.

Daha fazla mutlu olup daha az mutsuz olmak da bize bağlı biraz.

Size bir şey söyleyeyim mi? Bazen hayıflandığımız o acılar, sıkıntılar, stresler aslında bizim için birer bilet, biliyor musunuz? "Ne bileti?" diye soranları duyar gibiyim. ☺

Tecrübe. Kazanılması en zor ve en pahalı şeylerden biridir. Parayla satın alınamayacak şeylerin arasına onu da koysak yanılmayız bence. Tecrübe satın alınmaz, kazanılır.

Bunun bedeli bazı acıları yaşamaktır. Bunun bedeli bazen yanılmaktır. Bunun bedeli bazen bir hayal kırıklığıdır. Eminim sen de zamanında bir şeylerin bedelini ödedin ve tecrübe kazandın.

Zor oldu, belki canın çok yandı, belki çok yıprandın ama bir şekilde kazandın.

Çünkü sen güçlü bir insansın. Bugün güçlü insanların kalbini görebilme şansımız olsaydı, hepsinin taşıdığı o yaraların izlerini de görebilirdik.

*Peki acılarla, sıkıntılarla ve stresle nasıl başa çıkarız?*

Belki kulağa çok klasik gelecek ama *inanarak.* Peki neye? Gelin size bu sorunun cevabını derviş versin.

Dervişe sormuşlar:

"Zor zamanlardan geçerken ne yapmalı?"

Derviş demiş ki:

"Sonsuza dek sürmeyeceğini bilmeli, imtihan olduğunu düşünmeli, daha kötüsü olmadığı için dua etmeli, yanında olmayanları terk etmeli."

İlk önce inanacaksınız. Her şey inanmakla başlar. Hem kendinize hem de yaşadığınız sıkıntıların hiçbir zaman sonsuza dek sürmeyeceğine inanmalısınız. İşte, mücadele tam olarak da buradan başlıyor. İnanmak, inanmak ve yine inanmak.

İnanmadığınız hiçbir şeyin arkasından gitmezsiniz, değil mi? Önce inanacaksınız.

Kendinizi buna inandırmazsanız ve kaçarsanız kovalanırsınız. Kabullenin. Acılarınızı, sıkıntılarınızı, stresi ve hayatınızda olup biten olumsuz her şeyi kabullenin. Onlara direncinizi ve gücünüzü onları kabullenerek gösterin. Kabullendikten sonra biraz daha hafiflediğinizi ve gücünüzü hissedeceksiniz. Peki, her şey bununla bitiyor mu? Hayır. Asıl olay burada başlıyor.

Bakın Paul Brown diyor ki:

**"Kazanmanın anahtarı, stres altındaki duruşunuzdur."**

Belki de en çok zorlanacağınız nokta burası. Hatta ve hatta an gelecek, pes etmeyi bile düşünecek ve vazgeçeceksiniz. Kimileri pes edecek, kimileri devam edecek.

Peki, şimdi soruyorum sana: Tamam mı? Devam mı?

Bu kitabı elinde tuttuğuna ve okuduğuna göre cevabın: Devam... ☺

Anahtarı size başkası vermeyecek. İhtiyacınız olan anahtar sizin içinizde.

Bu anahtarın adı *sabır...*

Burada sıkıntı ve stresin sizi ele geçirip geçirmeyeceğini, bu mücadeleyi kazanıp kazanamayacağınızı duruşunuz yani sabrınız belirleyecek.

Hiçbir sıkıntının sizi alt edemeyeceğini, kendinizi hiçbir sıkıntının sonsuza dek sürmeyeceğine inandırırsanız ve bir gün geçeceğine sabrederseniz bu maçın kazananı siz olursunuz. Her ne olursa olsun kendinize olan inancınızı ve sabrınızı diri tutun.

Bu sizin en büyük gücünüz olsun. İşte, o zaman hiçbir şeye yenilmezsiniz.

Louisa May Alcott'a kulak verin:

**"Fırtınalardan korkmuyorum;**

**çünkü o sayede gemimi yüzdürmeyi öğreniyorum."**

Şu sabır dediğimiz şey hayat kurtarıyor. İnsanın hayatla arasındaki mücadelede en güçlü silahı oluyor. Başımıza bir sıkıntı geldiğinde, acı çektiğimizde, hayatın artık dayanılmaz bir hal aldığını, her şeyin üst üste gelmeye ve bizi ezmeye başladığını düşündüğümüzde Enfâl suresinin 46. ayeti bize şöyle sesleniyor:

**"Sabredin; Allah sabredenlerle beraberdir."**

Sabretmek, acılarla baş etmek ve stresi fırsata çevirmek deyince aklıma nedense hep Istakozun Hikâyesi gelir. Hayatımda farklı bir yere sahiptir bu hikâye. Acıların beni sarıp sıkıştırdığı zamanlarda ilham almışlığım çoktur bu hikâyeden. Sizlerin de hayatına dokunmasını istiyorum.

Bu hikâye, acıların ve sıkıntıların nasıl fırsata çevrilmesi gerektiğini, diğer yandan insana kendi kabuğunu nasıl kırabileceğini de vurguluyor. Istakozlar, sıkıntı ve stresi öyle güzel pozitife çeviriyorlar ki etkilenmemek mümkün değil.

Amerikalı Psikiyatrist Doktor Abraham Twerski'nin stres ve stresi nasıl algılamamız gerektiği konusunda söylemek istedikleri var:

"Bir dişçinin ofisine gönderilmiştim. Orada "Istakozlar Nasıl Büyür?" isimli bir makaleye göz gezdiriyordum. Istakozların nasıl büyüdüğünden bana ne; ama ilgimi çekmişti. Makale, ıstakozun sert bir kabuk altında yaşayan narin, yumuşak bir hayvan olduğunu ifade ediyordu.

Bu sert kabuk genişlemiyordu. Peki, ıstakoz nasıl büyüyebiliyor? Istakoz büyüdükçe bu kabuk onu sıkıştırıyor ve ıstakoz kendisini basınç altında ve rahatsız hissediyor. Kendisini avcı balıklardan korumak için altına gizlenecek bir kaya buluyor ve kayanın altına gidiyor.

Orada kabuğunu çıkarıp atıyor ve yeni bir tanesini üretiyor. Zamanla büyüdükçe, kabuk rahatsız edici bir hal alıyor, tekrar kayanın altına gidiyor. Istakoz bunu birçok kez tekrarlıyor.

Istakozun büyümesine imkân sağlayan tetikleyici onun rahatsızlık duymasıdır. Eğer ıstakozların doktorları olsaydı hiçbir zaman büyüyemezlerdi çünkü ıstakoz rahatsız hisseder hissetmez doktora giderdi. Doktor ona antidepresanlar verirdi ve iyi hissederdi. Kabuğunu hiçbir zaman çıkarıp atamazdı. Bence stresli zamanların, ayrıca büyümenin bir işareti olduğunun farkına varmamız gerekiyor. Eğer zorlukları uygun şekilde kullanırsak zorluklar aracılığıyla büyüyebiliriz."

Sıkıntıların seni sardığı zamanlarda aklına hemen Hz. Mevlâna'nın şu sözü düşsün:

**"Sıkıntılar gecedir.**
**Dinlen, kederlenme. Sabah elbet olacak."**

## *"Şansa değil, kendine inan."*

Şu hayatta düşebilirsin, terk edilebilirsin, elindeki avcundaki her şeyi kaybedebilirsin.

Hatta tüm bunları yaşadığın için kendini dünyanın en şanssız insanı da hissedebilirsin; ama unutma ki:

**"Hiç kimse başarı merdivenini**
**elleri cebinde tırmanmamıştır."**

Hiç kimse birkaç kez yıkılmadan, küllerinden yeniden doğmamıştır. Rivayet olunur ki Napolyon'un, kendi ordusunun üç katı düşman ordusuyla karşılaştığında generalinin, "Düşman bizim üç katımız. Zafer imkânsız," sözüne verdiği cevabı şöyledir:

"Savaş ne kadar çetinse, zafer o kadar kutsaldır."

Evet, savaşın çetin geçecek. Evet, sabrın kadar gücün de tükenecek; ama öyle bir gün gelecek ki senin asla başaramayacağını düşünenlere dudakların şu sözü söyleyecek:

"Başardım; çünkü ilk önce kendime inandım.

Beni motive etti sizin önüme koyduğunuz taşlar.

Siz de unutmayın ki; hayat bazıları için kaybettiği yerden başlar."

Victor Hugo'nun da dediği gibi:

**"En karanlık gece bile sona erer ve**
**güneş tekrar doğar."**

## *"Bazı fırtınalar iyi gelir insana."*

Her şeyin üst üste geldiğini hissettiğimiz ve bunaldığımız günler vardır ya hani; sanki tüm dünya mutluymuş ve herkes hayatını yaşıyormuş da, "Bir ben mi böyle dertle, tasayla uğraşıyorum?" dediğimiz günler. Hani zamanında ağızlarından işittiğin, "Yanındayım," diyenlerin aslında yanında olmadığını çok iyi anladığın o zaman dilimi.

Bir de yetmiyormuş gibi onca kalabalık içinde bütün bu sıkıntılarla tek başına boğuşursun. Güneşli bir günde herkes yanındadır ama fırtınalı günlerini yalnız atlatırsın.

Bunu bütün sıkıntılarla tek başına mücadele ederken daha iyi anlarsın.

Hayatın en güzel oyunudur bu.

Bu oyun çok şey öğretir insana; ama tabii ki anlayana.

Dön bak şimdi içinde bulunduğun ve seni şu an meşgul eden sıkıntılara ve kendine şunu tekrarla: Belki daha beteri beni bulacaktı.

Biz farkında değiliz belki ama yaşadığımız o sıkıntılar ve acılar, belki de bizi daha beterinden koruyorlar.

İkarus'un bu konudaki şu sözüne katılmadan edemedim: **"Bazen fırtınalar iyi gelir insana. Tekneyi biraz yıpratır ama güvertede hiç pislik bırakmaz."**

**Sıkıntısız hayat zaten yok. Derdi veren Allah, kulunu dermansız bırakmaz.**

Olması gerekeni
lütuf diye sunan
insan iticiliği.

## *Kimseyi kayıp olarak görmediğim noktadayım.*

Zamanında çok değer verdiğim için aman benden gitmesin, kaybetmeyeyim diye önünde kapı olduğum insanlar için ne boş yere mücadele vermişim. Tadımız kaçmasın diye alttan aldığım olaylar, haklı olsam da sesimi çıkarmadığım zamanlar... Kendimi ne de çok değersizleştirmişim. Hiç gereği yokmuş bunların.

Artık kimseyi kayıp olarak görmediğim bir zaman diliminin içindeyim. Ne kimsenin bende kalması için mücadele edeceğim ne de anlamak istemeyene anlatmak için dilimde tüy bitireceğim. Hayatımda olmak isteyen her kim varsa bir şekilde bir yolunu bulup olur. Anlamak isteyen sessizliğimden de anlar. Kimseye ne kendimi kanıtlamak ne de sesimi duyurmak zorundayım. Eskidendi o tek başıma mücadele ettiğim günler. Özgür bıraktım artık kaybetmekten korktuğum ne varsa.

İsteyen çeker gider, isteyen yola benimle devam eder.

**Ben bu hayata benden gitmek isteyenlerin**
**önünde kapı olmaya gelmedim.**
**Siz değerliyseniz, ben de değerliyim.**

*Keşke bazı insanlar ilk tanıdığımız gibi kalsaydı ya da bazı insanları hiç tanımamış olsaydık.*

Bir zamanlar üzerine titrediğin ve değer verdiğin insanların ilk tanıdığın gibi kalmaması, zamanla değişmesi senin suçun değil.

Her değer verdiğin, verdiğin değeri kaldırabilecek mi sanırsın?

Sanma, kırılırsın.

Zaman zaman ben de bazı insanları tanıdığım için kendime haksızlık ettiğimi düşünüyorum.

Sonra da diyorum ki, yapacak bir şey yok.

Kendime kızmanın bir faydası da yok.

Birilerinin kalitesizliğini erken fark etmek hayat kurtarır diyorum.

Olaya böyle bakıyorum.

Ama şu cümleyi aklıma getirmeden edemiyorum:

**Merhabadan ilerisi olmaması gereken insanlar için çabaladık ya, ona üzülüyorum.**

## *Kendine bir iyilik yap; seni üzen herkesi affet.*

Yalnızca sevdiği ve sevildiği kalpte olma arzusuyla yaşam amacı güden bir varlığa, hayatı boyunca affetmemenin getirdiği yorgunluk fazla değil mi? Kurtulmak gerekmez mi? Affetmek ve sonrasında hafiflemek gerekmez mi?

Hadi gelin sizinle küçük bir terapi yapalım. Şimdi bu zamana kadar size yapılan haksızlıkları, yaşatılan acıları, döktüğünüz gözyaşlarını ve başınıza gelen bütün olumsuzlukları düşünün.

Düşünmeye başladığınızda size bunları yaşatan insanlar ve olaylar gelecek aklınıza. Aralarında affetmediğiniz ve ne olursa olsun, "Onu asla affetmem," dediğiniz insanlar da var, değil mi? Hatta bir zamanlar bu insanlarla çok yakındınız, hatta ve hatta etle tırnak gibiydiniz. Bir şeyler oldu, güvenini hiçe saydı, seni üzerek adını affedilmeyecek insanlar arasına yazdırdı. Boşuna dememişler: "Unutma, düşman kör nişancıdır, ama dost nereden vuracağını bilir."

Zaten bize en büyük zararları en yakınımızdaki insanlar vermedi mi? Güvenip başımızı omzuna yaslayıp acımızı anlattığımız insanlar o acıdan tekrar yaralamadı mı bizi? Yaraladı. Tanımadığımız hiç kimse bize zarar veremez ve bizi üzemez. Üzse de hiçbiri tanıdığımız insanların bizi üzüp yaraladığı kadar acıtmaz. Hani tanımadığın bir insan seni üzer, konuyu anında kapatırsın ama güvendiğin insan seni kırıp üzdüğü zaman onun acısı günlerce geçmez.

Çünkü güvenmişsindir. "Ondan bana zarar gelmez," demişsindir, "O kadarını da yapmaz," demişsindir; ama bir bakmışsındır, sana en büyük zararı o vermiştir ve o kadarını da yapmıştır.

Yani işin özü, bir zamanlar yediğimiz içtiğimiz ayrı gitmeyen, hayatımızın merkezine koyduğumuz ve samimiyetine güvendiğimiz insanlar, bir yerden sonra asla affetmeyeceğimiz insanların arasına ismini yazdırabiliyor. Neyse biz terapimize dönelim.

Terapimizin konusu: affetmek.

Bana göre bir başka deyişle hafiflemek...

Şimdi diyeceksiniz ki bunu nasıl yapacağız? "Yedi cihan bir araya gelse yine de affetmem," dediğiniz insanlar olduğunu biliyorum. Bazılarınızın bazılarına olan kırgınlığının ilk günkü gibi diri olduğunu da biliyorum. Aylar, hatta yıllar geçmesine rağmen kırgınlığınızın biraz bile azalmadığını da biliyorum.

Çünkü kırılan kalbiniz onarılmadı ya da onarılmaya çalışılmadı. Herkes bir şeylere, birilerine kırılıyor. Kıranların, kırdığının farkında olmasına rağmen gönül almak gibi bir derdi de yok, bu da ayrı bir dert tabii. Hatasız ve yanlışsız insan olmaz.

Bize biraz gönül alma, biraz tatlı söz, biraz mahcubiyet lazımdı. Onu da beceremediler. Hatta bazı insanlar hayatınızda olmamasına rağmen, hayatınıza iz bırakarak hayatınızın bir köşesinde olmayı severler. Kendilerini bu yüzden affettirmek istemediği bile olur.

Gel bu sevdadan vazgeç canımın içi.

Kırgınlık ve nefret duygunu değmeyecek insanlara heba etme.

Nefret de bir duygudur, herkese beslenmez. Ziyan etme. Affetmeyerek hayatının bir köşesinde yer verdiğin o insanlar artık seninle gelmesinler. Sil at onları. Arın bütün kırgınlıklarından. Hem affetmediğin her insan yük sana. Seni üzen herkesi affet ve öyle devam et yoluna. Yarın sabaha herkesi affetmiş ve hafiflemiş olmanın mutluluğuyla aç gözlerini. Hafiflet kendini. Bu zamana kadar taşıdığın bu gereksiz yüke veda et artık.

Günlerce, hatta yıllarca bu yükü taşımak zorunda değilsin. Affettiğinde hafiflediğini göreceksin ve sonra Paul Boese'ye hak vereceksin:

**"Affetmek, geçmişi değiştirmez ama geleceğin önünü açar."**

Tamam canın yandı, hayal kırıklığı yaşadın, üzüldün; ama bunları yaşadın ve bitti. İntikam mı almak istiyorsun? İntikam basit insanların işidir ama sen basit bir insan değilsin.

Mahatma Gandi çok haklı:

**"Zayıflar asla affedemez.**

**Bağışlama, güçlünün niteliğidir."**

Affetmediğin herkes ve her şey, seni zehirlemekten ve yormaktan başka bir şey yapmayacak.

Daha güzel günlerin var yaşanacak. O güzel günlere sırtında gereksiz yükle gitmenin hiçbir anlamı yok. Affetmediğin sürece, nereye gidersen git, nerede olursan ol bu yük senin omuzlarında olacak, zihninde olacak. Affetmek belki sana yenilgi hissi verecek. Belki affettiğinde kendine olan saygının kalmayacağını da hissedeceksin ama sen affettiğinde kendini ve geleceğini kazanacaksın. Çünkü birileri arkanda kalmalı. Bir yerden sonra da yalnızca önüne bakmalı. Sen de sadece geleceğine odaklanacaksın.

Şunu da sakın unutma: Affederek bu iyiliği onlara değil, kendine yapmış olacaksın.

***Deniyorum ama affedemiyorum, nasıl affedeceğim?***

Affetmeyi gururumuzu zedeleyeceğini düşündüğümüz için kendimize kötülük yapıyor gibi görürüz ama aslında affetmek, kendimize gereksiz yüklerden kurtulmak için yaptığımız muazzam bir kıyaktır. Şimdi affetmekle ilgili size yön verecek ve affedebilmeniz konusunda size katkı sağlayacağını düşündüğüm, okuduğunuzda affetmenin hafifliğini hissettirecek bir hikâyeden söz etmek istiyorum.

"Bir lise öğretmeni sınıfa gelir gelmez soluklanmadan öğrencilerine şu soruyu yönelterek bir teklifte bulunur: 'Bir hayat deneyimine katılmak ister misiniz çocuklar?'

Öğrenciler tereddütsüz kabul ederler.

Öğretmen, 'O zaman ne dersem yapacağınıza dair bana söz verin,' der. Öğrencilerden istediği sözü de alan öğretmen, öğrencilere, 'Şimdi, yarınki ödevinize hazır olun. Yarın hepiniz birer plastik torba ve beşer kilo patates getireceksiniz,' der.

Bunu duyan öğrenciler şaşırır, bu ödevden bir şey anlamamışlardır ama ertesi gün hepsinin sıralarında torba ve beşer kilo patates hazırdır.

Öğretmen bunu gördükten sonra kendisine bakan öğrencilere aynen şöyle der: 'Şimdi, bugüne kadar affetmeyi reddettiğiniz her kişi için bir patates alın. O kişinin adını o patatesin üzerine yazıp torbanın içine koyun.'

Öğrencilerin bazıları torbalarına üçer beşer patates koyar, bazıları ise torbaları ağzına kadar doldurmuştur.

Meraklı gözlerle kendisine bakıldığını gören öğretmen, öğrencilerine aynen şöyle söyler: 'Bir hafta boyunca nereye giderseniz gidin, bu torbaları yanınızdan asla ayırmayacaksınız. Yattığınız yatakta, bindiğiniz otobüste, okulda, sıranızın üstünde; her ne yaparsanız yapın bu torbalar sizin yanınızda olacak.'

Sayılı gün çabuk geçer ve bir hafta süre dolar. Öğretmen sınıfa girer girmez, söyleneni yapmış öğrenciler hemen şikâyet etmeye başlar: 'Hocam, bu ağır torbayı her yere taşımak çok zor, hem bu patatesler kokmaya başladı. Vallahi insanlar tuhaf tuhaf bakıyor artık bana. Hem sıkıldık hem yorulduk.'

Öğretmen tebessüm ederek ödevin son noktasında öğrencilerine şu dersi verir: 'Görüyorsunuz ki affetmeyerek asıl kendinizi cezalandırıyorsunuz. Kendinizi ruhunuzda ağır yükler taşımaya mahkûm ediyorsunuz. Affetmeyi karşınızdaki kişiye bir iyilik olarak düşünüyorsunuz. Oysa affetmek, en başta kendinize yaptığınız bir iyiliktir...'"[2]

Şimdi kendine bir iyilik yap ve sırtındaki o torbayı yere bırak. Sırtındaki o gereksiz yükten kurtul.

Artık daha özgürsün.

## *Lâ Tahzen İnnallâhe Meanâ*

*"Üzülme, kuşkusuz Allah bizimle beraberdir..."*

Beni de çok üzdüler. Çok yıprattılar. Çok yordular.

Hatta zaman zaman sona geldiğimi düşündüğüm, her şeyin üstüme geldiği, hiçbir şeyden zerre zevk almadığım ve yalnızca gün bitsin diye yaşadığım günler oldu.

Zaman zaman içinde bulunduğum sıkıntıların ve acıların beni nefes alamayacağım raddeye getirdiği zamanlar da oldu. Kendimi ve hayatımdaki insanları kaybettiğim, hayatımın ellerimden kayıp gittiğine şahit olduğum ve çaresizliğin ortasına düştüğüm, bunca şeye en ufak bir tepki veremediğim anlar oldu.

Önümde iki seçeneğim vardı: Ya pes edip hayatın beni savurmasına izin verecektim ya da sabredip, mücadele edip kendimi düzlüğe çıkaracaktım.

Pes mi ettim? Hayır. İliklerime kadar yaşadığım bütün acıları sahiplendim, yaşadım ve onları zamanı geldiğinde uğurladım.

Acılar beni dayanamayacağım bir noktaya getirdiğinde aklıma hep Tevbe suresinin 40. ayetini getirdim:

**"Lâ tahzen innâllahe meanâ –**
**Üzülme, Allah bizimle beraberdir."**
**Geçmeyen acı yok, sabretmeyen insan var.**

## *Bazen kabuğuna çekilmek iyidir.*

Baltasar Gracián diyor ki:

**"İnsanlar tarafından sürekli erişilebilir olmak sizi onların gözünde değersizleştirmekten başka işe yaramaz. Bırakın bazen insanlar sizin yokluğunuzla sınansınlar. Bir şeyin değeri, o şeyin yokluğunun çokluğu ile belirlenir. Bazen kenara çekilmeli."**

İnsanın bazen kendisi için yapabileceği en güzel şeydir kendi kabuğuna çekilmek. Kimseye gitmemek, birilerine yetişmeye çalışmamak. Kendisine geç kalmamak. Başkalarını memnun etmek için çabalamamak. Anlamayana anlatmamak. Kendine zar zor yeten enerjisini bir de değmeyecek insanlara harcamamak.

Gerekirse susmak, sadece susmak. Yalnızca kendi sessizliğini duymak. Bazen kabuğuna çekilmek iyidir. İnsanı dinlendirir. Bu bir yenilgiyi veya yalnızlığı kabullenmek değildir. Yalnızca kabuğuna çekilmektir. Kendini dinlemektir.

Zerre duygu beslemediği halde herkesin herkese "seni seviyorum"lar savurduğu bu çağda, insana gerçekçi ve sakin bir yalnızlık, sahte kalabalıktan daha iyi gelir. İnsan yalnızlıktan sıkılıp bunaldığında ve hayatına birini almak istediğinde iki kere düşünmeli ve aklına hemen Charles Bukowski'nin şu sözünü getirmelidir:
**"Yalnız olmak, yanlış yerde ve**
**yanlış bir kalpte olmaktan iyidir."**

**Yalnızlık, davranışa yansımayan ve**
**şüpheye düşüren sevgiden daha asildir.**

BAŞARISIZ İNSAN

BAŞARILI İNSAN

**"En büyük başarı, hiçbir zaman düşmemek değil, her düşüşünüzde tekrar ayağa kalkabilmektir."**
Konfüçyüs

Yapmak istediğin şeyleri yapamam, başaramam diyerek kendini zehirlemeyi bırak.

Kendine inanmayan bir insana diğer insanların da inanmasını bekleyemezsin.

Sen kendine inandıktan sonra arzuladığın ne varsa sana bir adım daha yaklaştığını göreceksin.

Kendine inanmayıp, insanlara kulağını kapamadığın müddetçe hiçbir şeyi başaramazsın.

Yalnızca sana yapamazsın, başaramazsın diyen insanları haklı çıkarırsın.

Kendine inandıktan sonra hem yapmak istediğin şeylere ulaşmak için yürüdüğün yoldaki engellerle hem de senin hevesini kırmaya çalışanlarla savaşırsın. İmkânsız diye bir şey yok.

Zor var; ama sen o zoru da başarırsın.

**"Yapabilirim dediğin anda yüz milyar sinir hücren senin için hedefe odaklanmaya başlar."**

Sen kendine inan. Başkaları sana inanmasa da olur.

Paulo Coelho diyor ki:

**"Bir şeyi gerçekten istersen, onu gerçekleştirmeni sağlamak için bütün evren işbirliği yapar."**

Aslında şöyle bir düşündüğünde istediğin her şeyin sana nefesin kadar yakın olduğunu göreceksin. Sen bir şeyleri başarabileceğini ve yapabileceğini, başarısız olup düştüğünde, yeniden ayağa kalkıp yola devam ettiğin takdirde istediğin şeylerin sana gelmek için harekete geçtiği zaman göreceksin.

İnsanı inandığı yoldan kimse döndüremez, yapmak istediği şeylerden hiç kimse vazgeçiremez. Harekete geçmek istediğinde önünde kimse duramaz. İnsanlar sadece konuşur. Onun çözümü de basittir: Duymazdan gelirsin.

Yani anlayacağın kimse sana hiçbir konuda engel olamaz. Sen hariç. Bütün bunları sadece sen kendine yaparsın. Harekete geçmek istediğinde kendine inanmazsan, kendi önünde durmuş ve korkuna yenilmiş olursun.

Yapamam, başaramam dersen kendine engel olursun. Kendine inan, insanlara kulağını kapat ve yola devam et. Sen kendine inanmaktan vazgeçmediğin sürece hiçbir şey bitmez.

İnanırsan hiçbir şey sen kazanmadan bitmez...

## Senden hiçbir şey olmaz!

Klişeleşmiş bu cümleyi hayatımızda duymayan kalmamıştır diye düşünüyorum.

Bazılarımızın hikâyesi tam olarak da burada başlıyor aslında. Kimileri bu cümleyi işitir ve hiç duymamış gibi gamsız bir şekilde yoluna devam eder. Ama bazıları vardır ki bu cümleyi işittikten sonra bunu bir kenara yazar ve zamanı geldiğinde elde ettiği başarıyla herkese gereken cevabı verir. Bu örneklerin birinden bahsedeyim size: Şarkılarını benim de severek dinlediğim, eminim senin de birçok kez dinlediğin, dinlediğinde ise bize olmayan bir aşkın acısını bile çektiren bir kadın o...

Unkapanı'ndaki plakçılar, "Senden şarkıcı olmaz," diye kapıları yüzüne kapattı. Hatta 1975 yılında çıkarmış olduğu "Haydi Şansım" isimli albümü yalnızca 50 tane sattı.

Ama o ne yaptı? Pes mi etti? Vaz mı geçti? İnsanlara mı kulak verdi?

Hayır, devam etti, vazgeçmedi. Sadece kendine inandı ve şu an şarkıları milyonlarca dinleniyor.

Peki kim mi bu kadın?

**"Beni unutma.**

**Bilirsin unutulmak dokunur her insana,"*** diyen Sezen Aksu...

Bir diğer hikâyenin kahramanı da hiç yabancı değil bize. Günümüzde hemen hemen her sokakta gördüğümüz otomobil markasının sahibi.

1903 yılında bankaya kredi talebinde bulunmuş ama bankadan ret cevabı almıştır.

Şirket sahibi, banka müdürüne, "Nasıl böyle büyük bir projeyi geri çevirebilirsiniz?' deyince banka müdürü, "Otomobil ancak geçici bir moda olabilir," cevabını vermiş. Bu cevabı alan şirket sahibi, "Bir gün yollarda at arabalarının yerini otomobil alacak," demiş. Hedefine ulaşmak için tam beş kez iflas etmiş, sayısız engellerle karşılaşmış ama yine de

* Söz: Sezen Aksu, Müzik: Onno Tunç, "Beni Unutma".

pes mi etmiş? Vaz mı geçmiş? Banka müdürüne mi kulak vermiş? Hayır. İçindeki sese kulak vermiş, kendine inanmış ve bugün bir dünya markasını günümüze sürmüş; ülkemizde de hemen hemen her evin önünde otomobilleri bulunuyor.

Peki kim mi bu adam? "Eğer yapamayacağınızı düşünüyorsanız haklısınız, yapamazsınız," diyen Ford'un kurucusu Henry Ford...

Bu hikâyedeki kahraman da hiç yabancı değil aslında.

Küçük bir çocukken annesi ve babası ayrıldığında çocukluğunu yaşayamadı, büyüdüğünde bazı acılarını bastırmak için yazılar yazmaya başladı. Ailesindeki bazı insanlar sürekli annesine, "Bu çocuğu yuvaya ver, bunun babasından hayır görmedik, bundan hiç görmeyiz, bundan adam olmaz," diyerek yıllarca baskı yaptı.

Yazmaya başladığında etrafındaki insanlar yazdıklarıyla dalga geçti, alay etti. Hatta bir gün yazılarını toplayıp bir yayınevine gittiğinde, "Senin kitabın satmaz," cevabını aldı. Ama o ne yaptı? Pes mi etti? Vaz mı geçti? İnsanlara mı kulak verdi? Hayır. İçindeki sese kulak verdi. Pes etmedi, vazgeçmedi, insanları dinlemedi.

Çıkardığı kitaplar milyonlar sattı. Sadece son kitabı geçtiğimiz yıl 680.000 adet sattı ve sonra o dalga geçen arkadaşları, kendisine tanıdığı insanlar için kitaplarını imzalattı. Kim mi bu arkadaş? Hemen hemen her evin kitaplığında en az bir kitabı olan ve şu an elinde tuttuğun kitabı yazan kişi, bendeniz Miraç Çağrı Aktaş...

**Kır zincirlerini!**

Üst üste gelen başarısızlıklarla, kendimize olan inancımızı kaybedişimizle, çevremizdeki motivasyonumuzu ve enerjimizi sömüren insanlarla, ayağından zincirlenen küçük bir fil yavrusu oluveririz çoğu zaman.

Bitmiş, tükenmiş ve çaresiz hisseden insanlar, bundan sonra kendisini artık hiçbir şeyi başaramayacağına inandırır. Özgüveninden uzaklaşır.

Tıpkı o küçük fil yavrusu gibi.

"Filler daha yavruyken, kaçmasın diye eğitmek için sağlam bir şekilde bir direğe zincirle bağlanır. Yavru fil kaçmaya çalışır ama ne kadar çabalarsa çabalasın, yavru olduğu için ne zinciri koparabilir ne de direği oynatabilir. Bir süre sonra fil yavrusu büyüdükçe kaçamayacağını ve ayağındaki zincirden kurtulamayacağını kabullenir. Özgürlük kavramından gittikçe uzaklaşır ve kaybeder.

Özgürlük kavramını yitiren filin ayağındaki zincirler çıkarılır, yerine ince bir halatla ufak bir tahta çubuğa bağlanır. İşte, kaçması için bir fırsat; ama o yerinden bir yere kıpırdamaz. Fakat özgürdür, gidebilir artık ama hiçbir yere gitmez; çünkü odaklandığı ve inandığı tek şey, ayağındaki zinciri asla kıramayacağıdır. Sonra ayağındaki ip de çıkarılır. Kendisini artık şu an olduğu yere ait hisseden fil, olduğu yerin dışına çıkamayacağını kabullenmiştir."

Psikolojide buna öğrenilmiş çaresizlik deniyor.

Başarısız oldun diye yeniden denemekten vazgeçme. Yorulduğunda biraz soluklan ama asla pes etme. Ayağına zincirler vurulduğunda bile mücadelene devam et. Denemekten vazgeçme.

Sen ayağındaki zincirlerden, karşına çıkan engellerden, başarısızlıklarından çok daha fazlasısın. Şimdi kır o zincirlerini, yapamam deme, sen başarırsın.

Robin Sharma'nın *Ferrarisini Satan Bilge* kitabını okuduğumda altını çizdiğim şöyle muazzam bir cümle var:

**"Bir dağın zirvesinde olmanın keyfini önce eteklerinde yürümeden nasıl yaşayabilirsin?"**

Elde ettiğin başarının keyfini, başarısız olmadan, yorulmadan nasıl sürebilirsin?

İzleyenler bilir, Chris Gardner'ın hayatının anlatıldığı *Umudunu Kaybetme** filminde baba karakterini canlandıran Will Smith'in bir sahnede oğluna şu cümleleri söylediğini:

**"Birinin sana bir şey yapamazsın demesine izin verme. Hatta benim bile. Bir hayalin varsa onu koruman gerek. İnsanlar bir şey yapamaz ve senin de yapamayacağını söylerler. Bir şey yapmak istiyorsan gidip onu zorla al."**

Şimdi soruyorum sana, "Yapamazsın, başaramazsın, senden bir şey olmaz," diyenleri haklı çıkarmak mı? Yoksa içindeki sesi dinleyip, kendine inanıp mücadeleye devam etmek mi?

Bana, "Başaramazsın," diyen onca insan ben bir şeyleri başardığımda, "Zaten ben sana inanıyordum," dedi. Sadece güldüm. Normal karşıladım; çünkü insanlar hep böyledir... Yapmaman için, başarısız olman için her şeyi yapar. Yaparsın, başarırsın, sonra gelir sana bir de pişkince, "Ben zaten sana inanıyordum," der...

**O yüzden git, başar ve insanlara aldırma.**
**Bu yol senin, daima önüne adımla.**

---

* Gabriele Muccino, *The Pursuit Of Happyness,* 2006.

**"Sabretmesini bil, vaktinden önce çiçek açmaz."**
Şeyh Edebali

Kötü şeyler yaşadığını biliyorum. İnsanlara ve hayata verdiğin şeylerin karşılığını tam olarak alamadığını da biliyorum. Hatta zaman zaman yaptığın iyiliklerin karşılığını, sırtından çıkardığın bir bıçakla aldığın bile oluyordur, anlayabiliyorum.

Üzerine basmışken sana konuyla alakalı Mehmet Akif Ersoy'un şu sözünü hatırlatıyorum:

**"Yüzsüzdür insanoğlu, kimse bilmez fendini.**
**Kime iyilik yaptıysan, ondan koru kendini."**

"Sabır çeke çeke sabır taşına döndüm," dediğini de duyuyorum ama senin de şunu unutmamanı istiyorum: Sana yapılanların karşılığında sabretmen, yenildiğin anlamına gelmiyor.

Boyun eğdiğin anlamına hiç gelmiyor. Yaşadıklarına karşı mücadelen devam ediyor.

Bu hayatta her şey anını bekliyor. Vaktinden önce ne güneş doğuyor ne de çiçek açıyor.

İnsan yaşadıkları yüzünden an geliyor, "Sanırım bir daha sevemem," diyor da, bir kalbi olduğunu unuttuğu ve hissiz kaldığı günlerin acısını çok severek çıkarıyor.

Umutsuz olma, senin hikâyen en güzel yazar tarafından yazılıyor.

Bugün mutsuz olabilirsin ama hayat senin için güzel planlar yapıyor.

Sabret, vaktinden önce çiçek açmıyor...

**Telaşlanma, güzel şeyler yola çıkmış,**
**hepsi sana geliyor.**

## *Kaldıramayacağın yük verilmedi sana.*

Yaşadığım hiçbir acıya isyan etmedim. Sıkıntılarımın ağırlığı bazen beni yürüyemeyecek duruma getirdi ama pes etmedim. Çünkü şunu çok iyi biliyorum ki yaşadığım onca acı ve başıma gelen bütün sıkıntılar, bana kaldırabileceğim için gönderildi.

Bugün yaşadığım acıyı kaldırabildiğim için yaşıyorum. Siz sanıyor musunuz ki acılar bize geliyor ve biz tek başımıza mücadele ediyoruz? Hayır. Bize Allah yardım ediyor.

Rabbimiz buyurdu ki: "Muhakkak her zorlukta bir kolaylık vardır. Sen umudunu kaybetme, Allah hem imtihan ediyor hem de imtihanda yardım ediyor."

Her acının bir gün son bulduğuna, güçsüz hissettiğin zamanlarda, "Atlatamam," dediğin onca şeyin bile geçip gittiğine en büyük kanıt, geçmişin. Bazen düşebilirsin, bir süre ayağa kalkamayabilirsin de. Sıkıntıların seni boğduğu zamanlarda içinde bulunduğun durumu atlatamayacağını da düşünebilirsin. Ama sonra bir bakmışsın, hepsinin üstünden aslanlar gibi gelmişsin.

Kaldıramayacağın hiçbir yük gelmez sana. Hiçbir acı öldürmez seni ama güçlenirsin.

Sabahattin Ali'nin de dediği gibi:

**"Hiçbir acı baki değildir. Üflersin geçer. Bazılarına daha çok üflemen gerekir."**

Derdi olana ilk yazılan reçetedir, sabır.

Bakara suresi, **"Allah sabredenlerle beraberdir,"** diyor.

Sabır deyince benim aklıma nedense sabrıyla sınanan Peygamber Hz. Eyüp gelir. Enbiyâ suresinde de şöyle geçer Hz. Eyüp:

"Eyüp'ü de hatırla. Hani o Rabbine, 'Şüphesiz ki ben derde uğradım, sen ise merhametlilerin en merhametlisisin,' demişti. Biz de onun duasını kabul edip, kendisinde dert namına ne varsa gidermiştik. Tarafımızdan bir rahmet ve kullukta bulunanlar için de bir ibret olmak üzere, ona ailesini ve onlarla beraber bir mislini daha vermiştik."

Ben başıma gelen tüm sıkıntılara karşı, "Allah'ım bana Eyüp sabrı ver," derim.

Eyüp sabrını daha önce duymuş muydunuz?

"Hz. Eyüp oldukça varlıklı ve varlıklı olduğu kadar ahlaklı bir insandı. Varlık sahibi olduğu malın mülkün kibrine kapılmadan bu varlıkları Allah'ın verdiğini asla unutmazdı ve aynı zamanda sadakasını da eksik etmezdi.

İmtihandı ya işte, Hz. Eyüp günlerin birinde bütün malını ve mülkünü kaybetti. Çevresindeki insanlar bile ona kendisinden daha çok üzüldü ama o Hz. Eyüp Peygamber her zaman, 'Alan da Allah, veren de,' dedi. İmtihanı daha da zorlaştı ve sonra evlatlarını da kaybetti.

Evlatlarını kaybeden Eyüp Peygamberin yanında yalnızca eşi kalmıştı.

Sabrıyla sınanan Hz. Eyüp bir de sağlığından oldu. Kalbi ve dili dışında her yeri yara bere içinde kalmıştı. Hatta yaralar onu öylesine ele geçirmişti ki kimse onu tanıyamadı.

Bu duruma geldiğinde bile yıllarca hastalığından çekmesine rağmen Rabbine bir gün olsun isyan etmedi ve O'na şöyle yalvardı:

'Ya Rabbi, artık hastalığım bana zarar veriyor ve kulluk vazifemi yerine getiremiyorum. Seni zikretmeden, sana ibadet etmeden yaşayamam.'"

Allah duasını kabul etmiş, ayağını yere vurmasını, çıkacak olan su ile yıkandığında ve o sudan içtiğinde iyileşeceğini bildirmiş ve böylece onu sağlığına kavuşturmuştur.

Ayrıca evlatlarını ve sahibi olduğu her şeyi ona iade etmiştir.

Bu durum Sâd suresinde de şöyle yer alıyor:

**"Biz onu gerçekten sabredici bulduk,**

**o ne iyi kuldu. Daima Allah'a yönelirdi."**

Allah sabreden kulunu sever. Bazen sabrın da yorulacak ama sen o yorgunluğa asla teslim olmayacaksın. Seni derdiyle yoran Allah, dermanıyla dinlendirmesini de bilir.

Kış biter, yaz gelir. En karanlık gece yerini güneşli bir güne bırakır.

Sen sabretmesini bil. Başına kötü bir şey geldiğinde, acıların seni boğacak dereceye getirdiğinde Allah'a şöyle seslen:

"Allah'ım, bana Hz. Eyüp sabrından ver..."

Allah Hz. Eyüp sabrı versin...

**Zor zamanlardan geçiyorsan:**

"Bir zorlukla karşılaştığında sabret.

Çünkü hiçbir güçlük yoktur ki arkasından kolaylık gelmesin."

Hz. Osman

**Dayanacak güce ihtiyacın varsa:**

"Kim sabrederse Allah ona dayanma gücü verir.

Kimseye sabırdan daha hayırlı ve daha geniş bir ikram verilmemiştir."

Hz. Muhammed (S.A.V.)

**Ferahlamak için bir anahtara ihtiyacın varsa:**

"Sabır, ferahlığın anahtarıdır."

Hz. Mevlâna

**Umutsuzluğa kapıldıysan:**

"Ve zamanı geldiğinde Rabbin sana kalbinden geçeni bağışlayacak ve seni hoşnut kılacak."

Duhâ - 5

**Boşa iyilik yaptığını düşünüyorsan:**

"Sabret!
Çünkü Allah iyilik edenlerin mükâfatını zayi etmez."
Hûd - 115

**Sevgiye ihtiyacın varsa:**

"Allah sabredenleri sever."
Âl-i İmrân - 146

**İyi şeyler ne zaman olacak diyorsan:**

"Tüm iyi şeyler sabırdan sonra gelir."
Hz. Mevlâna

**Şifa arıyorsan:**

"Sabır, yaranın içinde Yaradan'ı görmektir."
Hz. Mevlâna

*Kapanması gereken kapıya ayağını koymak, daha iyi bir kapının açılmasına engel olmaktır.*

Kapanması gereken kapıya ayağını koyma, bırak kapansın.

Allah'ın bugün sana kapattığı kapının bir nedeni var.

Bunu çıkmaza girdiğin zaman kendine tekrarlayasın.

Allah seni sevmediği ve yalnız kalmanı istediği için mi kapıların yüzüne kapandığını sanırsın?

Böyle düşünme. "Yalnızım deme, Rabbini incitirsin."

Allah bazen bazı kapıları kapatır, evet.

Bunu seni sevmediği ya da düşünmediği için değil, ya yerine daha iyisini açmak için ya da seni bazı fırtınalardan korumak için kapatır.

Buna endişelenmeyesin.

Her şeyin üzerine gelmeye başladığını düşündüğünde, işin içinden çıkamayacağını hissettiğinde Şuarâ suresi 78. ayet su serpsin yüreğine:

**"O, beni yaratan ve bana doğru yolu gösterendir."**

**Gökyüzündeki kuşlara bile rota çizen Allah, yeryüzünde seni yolsuz bırakmaz.**

## *Sevgi, hissettirince ve hissedince güzel.*

Herkesin birbirini sevdiği ama sevdiğini hissettirmediği bir çağ bu.

Herkes birbirini çok seviyor ama davranışa yansıtmıyor.

Hissettirmedikçe ve hissetmedikçe ne önemi var ki sevmenin? Ya da sevdiğini söylemenin? Bu noktada Turgut Uyar'ın şu sözüne katılamadan edemiyorum:

**"Gizlenen, gösterilmeyen, hissettirilmeyen sevginin zerre değeri, kıymeti yok gözümde. Bu duvar da beni çok seviyor olabilir, bilemem..."**

Hissettirilmeyen sevgi hayatınızda olmasın. Duygusal davranmanın anlamı yok. Zaten duygusal davranmanın bir yerden sonra insanı yormaktan başka hiçbir şey yapmadığını, kalbin yorulduğunda anlıyorsun.

Seni seviyorum demekten önce bunu sana hissettiren ve bunun hakkını veren bir insan olsun hayatında. Kulaklarını içi boş "seni seviyorum"lara kapa. Seni gün içinde merak edip arayan, gününün nasıl geçtiğine kadar önem veren, canın bir şeye sıkıldığında seninle birlikte çözüm arayan, üzüntünle üzülen, mutluluğunla sevinen, sana müsait olmadığı zamanlarda bile zaman ayırabilenle devam et yoluna. Sevgi onla güzel ve sen çok yoruldun.

Denk gelesin sana bunu yaşatacak olana...

"Mezarlık kalabalıktır. Ve bir mezarın başında insanlar vardır. Yaşlı bir adam tabuta sarılıp sarılıp, 'Seni seviyorum, seni seviyorum, seni seviyorum,' diyerek ağlamaktadır. Anlaşılan yaşlı adamın eşidir tabutta yatan. Uzun yıllar aynı yastığa baş koyduğu sevgili eşi.

Yaşlı adamın çocukları ve diğer insanlar bu duruma çok üzülürler. Ağlayıp rahatlamasını beklerler. Fakat yaşlı adam her seferinde defalarca, 'Seni seviyorum,' diyerek ağlamaktadır tabuta sarılarak. Artık toprağa verme zamanı gelmiştir. Yaşlı adamı tabutun başında çocukları zor ayırırlar. Adam hâlâ, 'Seni seviyorum, seni seviyorum, seni seviyorum,' demektedir. Çocuklardan en büyüğü babasına sarılır ve, 'Babacığım tamam artık, biliyoruz annemizi çok seviyordun. Biz de onu çok seviyorduk, fakat onu kaybettik,' der. Yaşlı adam, 'Beni anlamıyorsunuz. Hiçbiriniz bilmiyor. Ben onu çok seviyordum ama çok,' der. Oğlu, 'Biz de seviyorduk baba; fakat bir şey yapamayız,' der. Yaşlı adamın son sözleri şunlar olur: 'Anlamıyorsunuz. Ben onu çok seviyordum; fakat o yaşarken bunu ona söyleyemedim. Onu ne kadar sevdiğimi ona asla söyleyemedim...'"[3]

Sevdiğimizi hissettirmek için ya da söylemek için sevdiğimiz kişinin mezara girmesi gerekmiyor oysa. Ya da sevdiğimizin değerini bir hastane koridorunda anlamak gerekmiyor.

Değeri vaktinde bilmek gerekiyor.

Stefan Zweig bize şöyle sesleniyor:

**"Birisi tarafından sevildiğini hissetmek dünyayı daha da güzel kılıyordu."**

## *Kazananlar paylaşmayı bilenlerdir.*

Annem hep, **"Yalnız yiyen yalnız ölür,"** derdi. Bu cümle beni biraz korkuturdu ama bana çok çok büyük mesaj verirdi. Kaç yaşıma gelirsem geleyim, nerede sadece kendini düşünen, bencilliği kendine bir hayat biçimi haline getirmiş, paylaşmayı bilmeyen birini görsem, ona hep annemin bana söylediği bu sözü hatırlatırım.

Ben ne benim olanı başkasından sakınırım ne de bende olmayanı başkasında gördüğümde kıskanırım. Küçükken marketten kendime çikolata alırken bile bir de kardeşime alırdım. Böyle öğretildi bize. Neden bilmiyorum ama paylaşmayı ve paylaştırmayı daha çok sevdim. Olduğu halde paylaşmayan, kendisinde olmayanı daima kıskanan ve kendisinden başka hiçbir şey düşünmeyen insanları hayatımdan bir bir temizledim, onları gördükçe hep kaçtım. Her şey bir yana ama bencilliği ve paylaşmayı bilmeyen insana tahammülüm yok.

Osho'nun çok sevdiğim ve aslında hepimizin hafızasına kazıması gereken şöyle bir sözü var:

**"Saklamak değil, paylaşmak olsun özün.**
**Eleştirmek değil, çözümü göstermek olsun sözün.**
**Yıkmakta değil, yapmakta olsun gözün.**
**Saldırmak değil, sarılmaktır çözüm."**

Hayatı daha güzel ve daha anlamlı kılan bir şey varsa o da: paylaşmak, paylaşmak ve bir daha paylaşmak. Paylaşmadığın her ne varsa, senin değildir.

Yunus Emre sonuna kadar haklı:

**"Paylaştığın senindir, biriktirdiğin değil."**

Yalnızca kendini düşünmediğinde ve paylaştıkça hayatın daha güzel olduğunu göreceksin. Sen paylaştıkça Allah'ın sana daha çok verdiğini hissedeceksin.

Bu konuda bizlere ibret olacak ve ders çıkaracağımız Derviş Kaşıkları hikâyesinden size bahsetmeden geçemeyeceğim.

"Bir gün dervişe, 'Sevginin sadece sözünü edenler ile onu yaşayanlar arasında ne vardır?' diye sormuşlar.

'Size farkı göstereyim,' deyip, önce sevgiyi dilden kalbine indirememiş olanları çağırarak onlara bir sofra hazırlamış. Gelen herkes sofraya oturmuş ve tabaklar içinde sıcacık çorbalar gelmiş. Sofradakiler kaşık olmadığını fark ettikleri o an sofraya dervişin bir metre boyunda kaşıkları gelmiş.

Derviş sofradakilere şöyle bir şart koşmuş: 'Bu kaşıkların ucundan tutup öyle yiyeceksiniz.'

Sofradakiler, 'Peki,' deyip çorbaları içmeyi denemişler.

Denemişler denemesine de, kaşıklar uzun geldiği için sıcak çorbayı sağa sola dökerek hem kendilerini yakmışlar hem de ağızlarına bir damla bile çorba götürememişler. En sonunda bakmışlar bu iş olacak gibi değil, sofradan aç kalkmışlar.

Derviş daha sonra, sevgiyi gerçekten bilenleri yemeğe çağırmış. Yüzleri aydınlık, sevgiyle gülümseyen insanlar sofraya oturmuş. Derviş sofraya oturanlara yine aynı şartı koşmuş. Her biri uzun kaşıkları çorbalarına daldırmış, sonra karşısındakine uzatarak çorbalarını içirmişler. Böylece her biri diğerini doyurmuş ve sofradan afiyetle şükrederek kalkmışlar. Derviş sevgiyi gerçekten yaşayanların farkını soranlara şöyle seslenmiş:

'İşte! Kim ki hayat sofrasında yalnız kendini görür ve doymayı düşünürse o aç kalacaktır. Ve kim kardeşini düşünür de doyurursa o da kardeşi tarafından doyurulacaktır. Şüphesiz şunu da unutmayın: Hayat pazarında her zaman alan değil, veren kazançlıdır.'"[4]

**Paylaşmak sevgidir ve hayat paylaştıkça güzeldir...**

## *En güzel terapi yöntemi olarak: şükretmek...*

Biz insanoğlu, sahibi olduğumuz şeylerin daha değerini bilmeden her zaman daha fazlasını isteriz. Hep daha fazlasını. Aman fazla olsun da eksik olmasın. Aslında elimizdekidir en değerli olan. Nefis ya işte, hep sahip olmadıklarımızda kalır aklımız. Oysa sahip olduğumuz şeylerle daha güzeldir hayatımız ama bizde bu nankörlük olduğu sürece bunun farkına varamayız. Asıl zenginlik, dünya kadar malı olup şükretmeyi bilmeyenler değil, sahip olduklarına daima şükredenlerdir.

Şimdi sahip olduğun her şeyi gözünün önüne getir ve kendine şu soruyu sor:

**Ya olmasaydı?**

Eskiler ne güzel söylemiş:

**"Aza kanaat etmeyen, çoğu hiç bulamaz."**

Sen aza kanaat et, çok seni mutlaka bulur. Şükredeceğimiz o kadar çok şey var ki bu hayatta.

Mesela yeni bir güne uyanmak, en çok şükretmemiz gereken şeylerden biridir.

Hayattan mı sıkıldın? Yeni bir güne çıkamayanlar var. Kullandığın telefonu mu beğenmiyorsun? Telefonu olmayanlar var. Evini mi beğenmiyorsun? Başını sokacak bir evi olmayanlar var. Yediğin yemek tuzsuz geldiği için beğenmedin mi? Yiyecek yemek bulamayanlar var. Gözlerinin rengi hoşuna gitmiyor mu? Göremeyen insanlar var.

Sağlığının değerini mi bilmiyorsun? Hayatta kalma mücadelesi veren insanlar var.

Bak ne diyor Hz. Mevlâna:

**"Sanma ki bir dert sende var,**

**sendeki derdi nimet sayanlar var."**

"Bir zamanlar çok zengin ama mutsuz bir kral varmış. Mutlu olmak için ne kadar uğraşsa da mutlu olamıyormuş. Ülkenin en bilge kişisini huzuruna çağırtıp, 'Nasıl mutlu olabilirim?' diye sormuş. Bilge şöyle cevaplamış: 'Kralım, mutsuzluktan kurtulmak istiyorsanız mutlu bir adam bulup onun gömleğini giymeniz gerekir. 'Kral, adamlarına hemen, 'Bu mutlu adamı bulun,' diye emir vermiş. Ülkede aranmadık yer bırakmamışlar. Fakat mutlu birine rastlayamamışlar. Kimileri eşinden, kimileri yoksulluktan, kimileri de hayırsız çocuğundan yakınıyormuş. En sonunda çaresizlik içinde saraya dönüş yolunda, kırık dökük bir evin önünden geçerken içerden birinin şöyle dua ettiğini duymuşlar:

'Tanrım, sana şükürler olsun. Sağlığım yerinde, karnım bugün de doydu, bugüne kadar rızkımı eksik etmedin. Ben mutlu olmayayım da kim mutlu olsun?'

Sonunda mutlu birini bulduk diye kralın adamları hemen evin içine dalmışlar. Adamın gömleğini krala götürelim diye düşünmüşler. Fakat içeri girince bir de ne görsünler, adamın sırtında bir gömlek bile yokmuş.

Hayat akarken insan mutluluğu arar durur. Sahip oldukları ne kadar çok olursa olsun hep daha fazlasını isteyen, sahip olduklarıyla yetinmeyen kendini mutlu hissedemez. Mutluluğu kendi içinde arayan ve kendinden memnun olup haline şükreden mutluluğu bulacaktır."[5]

**Her şeyi bilmemize gerek yok.**
**Sahip olduklarımıza şükretsek ve**
**onların değerini bilsek yeter aslında...**

## *Beni de üzdüler ama yine de selam verdim.*

Canımızı yaktılar, kırdılar, üzüp yakıp gittiler ama yine de onlar gibi olmadık; çünkü bizi üzeni üzseydik onlardan farklı olmazdık. Yine de bir şekilde Allah'ın selamını verdik. Sonuçta herkes kendine yakışanı yapardı.

Onların tercihi incitip kırmak olduysa bu onların sorunuydu, bizim değil. Bunu çok da benimsememek lazımdı, biz de öyle yaptık.

Bu zamana kadar beni kıran kimseden intikam almadım. Böyle bir amaç gütmedim. Biri beni mi kırdı? "Allah sorsun hesabını," dedim.

Bana yaşatılanı yaşatma gayem olmadı. İntikam zayıf insanların işidir, ben Allah'a havale ettim. Beni üzdüler, ben yine de selam verdim. Verdiğim yalnızca selam değildi.

Aynı zamanda vicdanımın da sadakasıydı.

Allah kabul etsin...

**"Eğer sizi üzen kişilere hâlâ selam verebiliyorsanız bu vicdanınızın sadakasıdır."**

Hz. Mevlâna

**"Dünü toprağa gömmüyoruz ama yarınlar çiçek açsın diye bekliyoruz."**

Dünü düşündüğün sürece bugünden keyif almayı bekleme.

Dünü geri getiremezsin ama bugününü yaşayabilirsin.

Yaşanıp biten şeylerin arkasından sızlandığın ve kendini yıprattığın yetmedi mi?

Neden dünü toprağa gömmek yerine kendini düne gömersin ki? Yoksa yarınlar çiçek açsın mı istemezsin? Sen yaşaman gereken acıyı yaşadın.

Vermen gereken sınavı tek başına verdin. Yaşanan yaşandı, biten bitti, giden gitti. Sürekli arkana bakarak, geçmişinin seni savurup durmasına bir son ver artık. Arkana bakmayı değil, daima önüne bakmayı alışkanlık haline getir. Biliyorum, kolay değil bir kenara bırakmak yaşadığın haksızlıkları ve iliklerine kadar hissettiğin acıları; ama değmeyecek insanları ve olayları düşünüp durarak da yaşayamazsın bu hayatı.

Her ne olursa olsun, daima önüne bakarak at adımlarını. Seninle gelmek isteyen bırak gelsin, gelmek istemeyene göster kapıyı.

Dünü düşünerek değil, bugününe sarılarak yaşa hayatını. ***Hayat bir derstir ve en zeki öğrenci, geçmişinden ders alan kişidir.***

"Bir gün lisedeki bir öğretmen okuldaki laboratuvara elinde bir şişe sütle gelir. Süt şişesini herkesin görebileceği yere, masanın tam köşesine koyar. Öğrenciler süte bakıp dersle ne tür bir ilgisi olduğunu merak ederler. Tam o esnada öğretmen birden eliyle hızla ittiği süt dolu şişeyi lavaboya düşürür, şişenin parçalanması üzerine bağırır: 'Dökülen sütün arkasından ağlamayın!'

Bütün öğrencileri geriye kalanları görmeleri için tek tek lavaboya baktırır ve aynen şunları söyler: 'İyi bakın; çünkü bu dersi hayatınızın sonuna dek hatırlamanızı istiyorum. O süt gitti. Lavabodan aşağı gitti, gördünüz. Dünyadaki hiçbir yaygara ve telaş, sütün bir damlasını bile geri getirmeyecek. Biraz dikkat edilseydi kurtarılabilirdi. Ama artık çok geç. Yapabileceğiniz tek şey, onu unutup bir sonraki deneye geçmektir.'"[6]

**Bazı insanlar gitti, bazı olaylar yaşandı ve bitti.**
**Şimdi küllerinden yeniden doğma vakti.**

## Bakma, gör. Dinleme, anla.

Ben her zaman bakmak ile görmek arasında ve dinlemek ile anlamak arasında bir fark olduğunu düşünenlerdenim. Allah göz sağlığımıza zeval vermediği sürece hepimiz gözümüzün alabildiğine gayet net bir şekilde bakabiliriz değil mi? Ama ne yazık ki göremeyiz. Kulağımız her şeyi duyar ama anlayamayız. Görmek ve anlamak kalpten gelen bir eylemdir.

Bunu farkındalığı olan insanlar yapabilir. Anlaşılmak insanın en temel ihtiyacıdır aslında.

Sakın kimseyi ve hiçbir şeyi dışarıdan gördüğün kadarıyla yargılama, ilk önce anla.

Daha önce de söylediğim gibi, insanın özü neyse gördüğü de odur. Yani bir başka deyişle, neyi düşünürsek ona dönüşürüz aslında.

"Hindistan'da oldukça yüksek bir dağın tepesine bin aynalı bir tapınak yapılmıştı. Günlerden birinde bir köpek bu dağa tırmandı ve bin aynalı bu tapınağa girdi. Tapınağın bin aynalı salonuna geçtiğinde bin tane köpek gördü. Hemen korktu, tüylerini kabartarak kuyruğunu bacaklarının arasına sıkıştırdı. Hırlamaya başlayarak dişlerini gösterdi.

Gördüğü bin köpek de tüylerini dikip kuyruklarını bacaklarının arasına aldı. Onlar da hırlayarak dişlerini gösterdiler. Köpek iyice korkup paniğe kapıldı ve tapınaktan kaçtı. Tapınaktan kaçan bu köpek, o andan sonra bütün dünyanın tehlikeli ve korkunç köpeklerle dolu olduğuna inandırdı kendini.

Bir süre sonra başka bir köpek tırmandı dağa ve o da bin aynalı tapınağa girdi.

O da bin aynalı salona geçtiğinde bin tane köpekle karşılaştı. Çok sevindi, kuyruğunu salladı ve neşeyle oradan oraya zıplamaya başladı. Diğer köpekleri oynamaya çağırdı.

Bin köpek de kuyruğunu salladı ve neşeyle oradan oraya zıplayarak onu oyuna çağırdılar.

Bu köpek de tapınaktan çıktığında tüm dünyanın dost ve sevecen köpeklerle dolu olduğuna inanıyordu."[7]

**İnsan neyi düşünürse her zaman onu görür.**

**O yüzden içimiz güzel olsun.**

**Güzel düşünelim, güzel görelim.**

## *Bazı insanların kalitesizliği senin suçun değil.*

Yaşanan şeyler için kendini suçlamayı bırak. Kendini suçlayarak bir yere varamazsın. Kendine kızmak yerine hatalarından ders çıkarmalısın.

Sen üzerine düşeni yaptın. İyi niyetle gittiğin insanların senin için hayal kırıklığı olması, seni hiçe sayması senin suçun değil. Herkes kendine yakışanı yaptı, tüm mesele bu.

Sen verdiğin değeri ve sevgini gösterdin. Aynı şeyi karşıdan da bekledin ama gelmedi.

Gandi'nin de dediği gibi:

**"Korkaklar sevgisini gösteremez, o cesurların işidir."**

Sen sevgini göstererek cesaretini gösterdin, onlar kaçarak korkaklığını gösterdi.

Şimdi silkelen ve kendine gel. Hatalarında kendine kızarak değil, onlardan ders alarak yoluna devam et. Şunu da unutma: Sen değil, onlar seni kaybetti.

**Sen birilerini kaybetmedin.**
**Ucuz insanlara pahalı geldin, hepsi bu.**

## *Aynı acıdan bakmadıktan sonra, aynı açıdan baksak ne fayda?*

Yanında olduğunu hissettirmek için söylenen klasik bir tesellidir: "Seni anlıyorum."

Yanımda olduğunu hissettirmek için işittiğim "seni anlıyorum"ların artık yaralarımı sarmadığı bir noktadayım şahsen.

Bana biri, "Seni anlıyorum," dediğinde ona sadece şu soruyu soruyorum: "Aynısını yaşadın mı?" Benim yaşadığım şeyi yaşamayan bir insanın beni anlayacağını düşünmüyorum.

Artık kendimi, benim yaşadığım bir acıyı ya da bir olayı yaşamayan birinin, seni anlıyorum tesellisine bırakmıyorum. Herkes benim yaşadığımı yaşamak zorunda mı? Tabii ki hayır. Sadece Farabi'nin de dediği gibi: **"Her kalp kendi hüznünü kavrar. Anlaşılmayı beklemeyin,"** düşüncesini savunuyorum. İnsanı gerçekten anlayacak olan kişi, kendisiyle aynı acılara ortak olmuş kişidir.

Yani aynı acıları yaşamış olandır. Gerisi züğürt tesellisi.

Boşuna dememiş Nasreddin Hoca:

**"Bana ağaçtan düşeni getirin..."**

Nasreddin Hoca bir gün çıktığı ağaçtan düşmüş ve oflayıp puflamış.

Yanına gelenler, hocaya, "Azıcık sabırlı ol hoca, sanki ne olmuş da bu kadar nazlanırsın," demiş.

Hoca yanına gelenlere şöyle sormuş:

"Siz hiç ağaçtan düştünüz mü?"

Hepsi bir ağızdan, "Hayır," demiş.

Nasreddin Hoca da aynen şöyle cevaplamış:

"Öyleyse bana ağaçtan düşeni getirin. Benim halimden yalnızca o anlar..."

Bakmayın insanların sizi anlıyormuş gibi yapmalarına.

Hepsi yanınızda olduğunu hissettirmek için yalnızca anlıyormuş gibi yapıyor. Yani birinden "seni anlıyorum" cümlesini işittiğinizde bile tek başınasınız. Doğanın kanunu bu, sizi anlayacak olan, sizinle aynı acıları tatmış olan insanlardır.

Bizimle aynı şeyleri yaşamamış ve bize seni anlıyorum diyen insanlara William Shakespeare'in, "Hissedemediğin bir şeyi anlayamazsın," sözünü hatırlatmanın vakti gelmiştir belki de.

Ne de güzel söylemiş Mevlâna:

**"Garibin hikâyesini dinlemek için**
**yine bir garip kulağı gerek."**

**"Satın alınamayan şeyleri severim ben.**
**Deniz gibi, gökyüzü gibi,**
**ay ve güneş gibi ve sevgi gibi."**
Sabahattin Ali

Canlarım, güzel şeylerin olması ve güzel şeyler düşünmemiz için beklediğimiz doğru zaman var ya, evet o işte, gelemiyor ne yazık ki. İşi çıkmış. Yoksa gelecekti yani. ☺

Günlerce, hatta aylarca, hatta ve hatta yıllarca yapmak istediğimiz şeyleri yanlış zaman kavramına teslim ettik. Olan yalnızca hayatımızdan boşa akıp giden günlere oldu.

Bundan bir yıl önceki hayatını düşün, geçen sene ertelediğin ve zamanı değil dediğin şeylerin hangisini bu sene yaptın?

Muhtemelen şimdi de aynı şeyi düşünüyorsundur.

Bir zamanlar ben de olumlu düşünmeyi ve yapmak istediğim şeyleri erteliyordum, inkâr etmiyorum. Yanlış zamanın ve kısıtlı imkânların bahanesine sığındığım çok olmuştu. Sonuç? Koca bir hiç. Ellerim bomboş. Ertelediğim her şey benden daha çok uzaklaşmıştı. Zamanı değil dediğim ne varsa, tam zamanıymış aslında. İmkânlar kısıtlı diye kaçtıklarıma elimdeki imkânlarla yaklaşmaya çalışmamışım. Aslında ben hayatı ellerimin arasından kaçırmışım; ama geç kalmadım çünkü hâlâ hayattayım.

Bakın, doğru zaman diye bir şey yok. Şu an var. Hayatta en doğru zaman şu an. İmkânlar zaten hiçbir zaman düzelmeyecek.

Sen elindeki imkânlarla kendine imkân yaratacaksın.

Yanlış zaman diye bir şey yok, harekete geçmeyen sen var.

Kısıtlı imkân diye bir şey yok, elindeki imkânı kullanmayan sen var.

Kötü hayat yok, güzel düşünmeyen sen var.

Paulo Coelho'nun *Simyacı* kitabında bizi hayallerimize koşturacak şöyle bir cümle geçiyor:

**"Ben ne geçmişte, ne de gelecekte yaşıyorum.**
**Benim yalnızca şimdim var ve**
**beni sadece o ilgilendirir.**
**Her zaman şimdide yaşamayı başarabilirsen**
**mutlu bir insan olursun."**

"İki yaşlı hasta yeni hastane odasına alınırlar. İki hastanın da durumu ciddidir. İkisi de yatalaktır. Hastalardan biri pencere kenarında, diğeri ise pencere görmeyen tarafta yatmaktadır. Pencereden uzak hasta hiç konuşmaz. Gözleri kördür ve ağır bir akciğer rahatsızlığı yaşamaktadır. Pencere kenarındaki hasta pek çok denemeden sonra diğer hastayı konuşturmayı başarır.

Hastalar önce ailelerinden ve çocuklarından bahsederler. Pencere tarafındaki hastanın sohbeti sayesinde o karamsar hali gitmiş ve huzurlu hissetmektedir diğer hasta. Pencere kenarındaki hasta hemşireden perdeyi ve pencereyi açmasını, bir de kendisinin pencereyi görecek şekilde yatakta oturtulmasını ister. Hemşire sadece bir saat izin verilebileceğini söyler.

Pencere kenarındaki hasta her gün bir saat boyunca diğer hastaya pencereden gördüğü güzellikleri anlatır. 'Allah'ım,' der, 'harika bir doğa ve ağaçlar. İlerideki gölü görebiliyorum bile. Harika büyük bir göl ve park var. İnanır mısın, pek çok ördek geçiyor ve hava o kadar güzel ki.'

Diğer hasta onu mutlulukla dinler.

Her gün harika bir manzara ve olaylar anlatır penceredeki hasta diğer hastaya. Diğer hasta o bir saatlik pencere anını mutlulukla bekler. Bir gün hemşire kontrol için geldiğinde, pencere tarafındaki hastanın huzur içinde vefat ettiğini görür. Diğer kör hastanın yanına yeni bir hasta gelir ve konuşmaya başlarlar. Kör olan hasta yeni hastaya sorar:

'Çok şanslısın, penceredeki harika manzarayı görüyor musun?'

'Ne manzarası dostum, sadece büyük bir duvara bakıyor bu pencere.'"[8]

"Hayat bize harika manzaralı bir pencere vermeyebilir; ama bize harika bir zekâ ve hayal gücü vermiştir. İnsanları mutlu edersen mutlu yaşarsın, unutma. Sadece kendi mutluluğun için çalışırsan negatif duygular seni bırakmaz. Eğer mutlu olmak istiyorsan paranın satın alamayacağı şeyleri saymaya başla. Gülümse! En önemlisi, sana verilen hediyeyi doğru harca. Şimdi, sana verilmiş en güzel an ve hediyedir, tadını çıkar ve hiçbir basit olay için şu anı mahvetme."

Konuyu en güzel George Herbert özetlemiş aslında:

**"Bekleme; asla doğru zaman gelmeyecek!**
**Olduğun yerden başla,**
**elinde olan her türlü imkânı kullan.**
**İlerledikçe daha iyi imkânlar çıkacak."**

*"Kaybetmekten korktuğun insanlar seni kaybetmekten korkmuyor."*

Etrafına şöyle bir bak; mutlu musun, mutsuz musun bunu kim önemsiyor? Kim merak ediyor? En son kim anladı seni? En üzgün olduğun, en çok canının yandığı anda kim gerçekten yanında olduğunu hissettirdi sana? İyi düşün; yanında olduğunu zannettiğin insanların sadece sözde yanında olduğunu fark edeceksin.

Birileri mutlu olsun diye didinip duruyorsun. Üstüne, önceliği olmadığını bildiğin halde bazı insanları önceliğin yapıyorsun. Yetmiyormuş gibi bir de onları kaybetmekten korkuyorsun. Bana sorarsan çok yanlış yapıyorsun. Seni gözden çıkarmış insanlar için her şeyi göze almaktan yorulmadın mı? Sadece kendisini düşünen insanlar uğruna kendini değersizleştirmekten sıkılmadın mı?

Sen insanları kaybetmekten korkuyorsun ama kimse seni kaybetmekten korkmuyor. Bu gerçeği ne yazık ki göremiyorsun. Kendine yanlışı da tam olarak burada yapıyorsun.

Ama artık gözlerini açıyorsun. Önceliği olmadığın insanlara o değerli vaktini harcamıyorsun. Seni gözden çıkarmış insanlar için her şeyi göze almıyorsun. Seni kaybetmekten bir an olsun korkmayan kimseyi kaybetmekten korkmuyorsun.

Hatta ve hatta kaybetmekten korktuğun ne varsa şu dakikadan itibaren özgür bırakıyorsun. Uğruna üzüldüğün insanlar, senin üzgün olmanı umursamıyor.

Artık sen de umursamıyorsun.

**Kaybetmemek için uğraşmak yerine,**
**kaybetmekten korktuğun her şeyi**
**özgür bırakıyorsun.**

## *Kaybetmek güzeldir, kazanmayı öğretir.*

Kaybettiğinde kendini kazanırsan kaybetmek güzeldir.

Öyle kuru kuruya kaybetmeyeceksin. Kaybedeceksin ama kazanmasını da bileceksin.

Kaybettim deyip bir köşeye çekilmeyeceksin. İnsanlar ve hayat senden neleri aldıysa, nasıl düştüysen öyle bir ayağa kalkacaksın ki senden alınan her şeyi geri almasını da bileceksin.

Kaybettiğinde kazanmak ve yere düştüğünde ayağa kalkmak için çabalamadığında kaybetmiş olmuyorsun. Yenilmiş oluyorsun. Hayatın da insanların da seni yenmesine fırsat tanımıyorsun.

Her şey üst üste gelmiş olabilir. Çıkmazda da olabilirsin.

Ama sen kendini çok iyi tanıyorsun. Şimdi silkeleniyorsun. Kaybettiğin ne varsa, seni düşüren insanlardan ve olaylardan intikamını ayağa kalkarak alıyorsun. Sen yenilgiyi hak eden bir insan değilsin, bunu da çok iyi biliyorsun.

**Düşmeni ve ayağa kalkmanı istemeyenler var,**
**sen onlara vermen gereken cevabı biliyorsun.**

## *Anlamayana anlatmak da bir tür kanser çeşididir.*

Hz. Mevlâna'nın çok sevdiğim bir sözü vardır:

**"Sen ne söylersen söyle,**
**söylediğin karşındakinin anladığı kadardır."**

Bir diğer deyişle de anlamadığı kadardır.

Anlamak isteyenin sessizliğimden bile anlayabileceği bu hayatta, kendimi anlatmak için dilimde bitirdiğim tüyün haddi hesabı yok.

Eskiden kendimi anlatmak için boğaz patlattığım o günler, hiç de özlemiyorum sizi. Özlemeye niyetim de yok. İnsanın kendisine yaptığı en büyük işkence, anlamayana anlatmaya çalışmaktır. Zamanında kendime bu işkenceyi ben de yaptım.

Keşke diyorum bazen, keşke zamanı geri alabilme şansım olsaydı da geçmişe dönüp beni anlamayana bırakın kendimi anlatmaya çalışmayı, yüzlerine bakmazdım. Bazen oluyor işte böyle. Yaşamadan göremiyorsun hiçbir şeyi. Gördüğünde belki bir şey anlam ifade etmiyormuş gibi geliyor ama o noktada bir nebze daha olgunlaşıyorsun.

Bu noktada Uğur Gökbulut'un şu cümlesine katılmamak elde değil:

**"Yeri geldiğinde gülüp geçmeyi öğren.**
**Laf anlamayana laf anlatmaktan,**
**bir şeyleri değiştirmek için çırpınmaktan**
**ve insanlıktan nasibini alamamışlarla uğraşmaktan**
**daha az yorar seni."**

Bunu uyguladığımdan beri yorulmuyorum. Susuyorum ve uzaklaşıyorum. Bu durumda kendilerini haklı zannedeceklerini de adım gibi biliyorum ama ben yine de bunu göze alıyorum; varsın onlar kendilerini haklı zannetsin.

Ben artık anlamayana anlatmıyorum.

Bu noktada Dostoyevski'nin şu sözüne kulak veriyorum:

**"Sırf kalp kırmamak,**
**kendime yakışanı yapmak için**
**cevap vermediğim herkes,**
**kendini haklı zannetti."**

## *Her şeyin sorumlusu benim.*

Şöyle bir düşünüyorum da kimse beni üzmemiş.

Kimse bana kendimi değersiz hissettirmemiş.

Bana kendimi değersiz hissettiren, beni üzen ve inciten hiç kimseye kızmıyorum.

Kızamıyorum. İstemediğim zaman hayatımın bir saniyesinde bile bulunmayacak insanları hayatıma alıp onların beni üzmesine ben izin verdim. Onların hiçbir suçu yok. Tavizi veren bendim. Onlar da bu fırsatı iyi değerlendirdi.

Suiistimal edildi iyi niyetim. Hiç kimse bana zarar vermedi. Karşıma çıkan herkesi kendim gibi zannederek, düştüğünde ilk koşan olarak, değer görmediğim insanlara değer vererek, bazı insanların kendisine yapılsa asla affetmeyeceği şeyleri bana yapıldığında affederek, bana kötülükle gelene iyi niyetle giderek ben kendime zarar verdim.

Ama siz öylesiniz diye ben de öyle olmak zorunda değilim.

Üzüldüm mü? Evet.

İncindim mi? Evet.

Fakat bütün bunlar yüzünden kendimi silecek de değilim.

Beni kimse üzmedi, her şeye ben izin verdim. Bunu kabullendim, her şeyin sorumlusu benim.

Bu noktada Eleanor Roosevelt'e sonuna kadar hak verdim:

**"Hiç kimse siz izin vermedikçe**
**sizi değersiz hissettiremez."**

## *Biz bazılarını fazla abarttık.*

Yalnızca bizim istediğimiz sürece hayatımızda var olacak insanlar için yıprattık kendimizi.

Şu gerçeği çok çabuk unuttuk mesela: Vazgeçilmez tavırlar sergileyen, bu dünyanın kendi etrafında döndüğünü düşünen ve küçük dağları ben yarattım edalarıyla hayatımıza aldıklarımız; biz istersek varlar, istemediğimiz sürece yok. Olay bu kadar basitti aslında. Hak etmeyen insanları hayatımızda hiç de layık olmadıkları yere koymakta üstümüze yok.

Evet büyüttük, hem de onları gözümüzde çok büyüttük.

Onları sevdiğimizden kafamızda olmadıkları insanlara dönüştürdük. Peki ya sonra? Onları gözümüzde büyütürken, aslında kendimizi küçülttük. Değdi mi? Hak ettiler mi?

Asla. Geç oldu ama şu acı gerçeği sonunda gördük: Onlar vazgeçilmez değilmiş, vazgeçmeyen bizmişiz.

Onları parlattıkça kendimizi eskitmişiz.

Şimdi Can Yücel'in şu sözüne kulak verme zamanı:

**"Karşınızdaki insan sizi hayatında nereye koyuyorsa, siz de onu tam oraya koyun. Ne eksik, ne fazla."**

## *Vaktin değil, gönlün yok. Gönlün olsa da gayretin yok.*

Uzun bir süre kabuğuna çekilip, iyice kendini dinledikten sonra insan hayatında kendisini anlayacağı birini istiyor. Sevmesini demiyorum bakın, anlamasını diyorum.

Bana göre anlamak, sevmekten de öte bir şey. Anlamadığın bir insanı sevemezsin. Anlaşılmadığın bir insandan da sevgi bekleyemezsin haliyle. Zihninde anlayış duygusu barınmayan bir bedenin kalbinden, sana sıcak bir sevgi de çıkmaz.

Mesela ben hayatımda babamla hiç dertleşmedim. Bu boşluğun verdiği sevgisizlik, bana yanlış kararlar aldırttı. Yanlış insanlar tanıttırdı. En çok sığınacak bir liman arattırdı. Eskiden sevgiye anlayıştan daha çok önem veriyordum ama şimdi öyle değil.

Bir yerden sonra mantığın, duygularının önüne geçiyor ya da hayatın gerçekleri daha ön plana çıkıyor, bilemiyorum. Ama bir şekilde gel zaman git zaman bir süre sonra yalnız kaldıktan sonra anladığı ve anlaşıldığı birini istiyor insan hayatında.

Yanında olduğunu hissedeceği, yanında olduğunu hissettireceği, beraber gülüp ağlayabileceği birini istiyor. Bir diğer deyişle anlayacağınız, rahat batıyor.

Her zaman nereye elimi atsam kuruttuğum gibi, yine elimde kaldığını gördüğüm kısa bir olayı paylaşmak istiyorum.

Her okuduğumda bana derinden iç çektiren bir söz vardır: **"İnsan anladığı ve anlaşıldığı insanda çiçek açar."** Anlamak ve anlaşılmak istediğim zamanların birinde biriyle tanıştım. Bu kişi altı yedi ay önce ilişkisi bitmiş, bu zamana kadar en güzel duygularını birilerinde harcamış ve artık hayatını biraz da rölantide yaşayan biriydi.

Anlamaya, anlaşılmaya, sevmeye ve aşka oldukça uzak, hayatını sadece akışına bırakmış bir insandı. Aynı şehirde olmamıza rağmen görüşemiyorduk bile çünkü vakti olmadığını söylüyordu. Abartmıyorum, buluşma sayımız bir elin parmağını geçmemiştir. Bir süre belirsiz kaldık. Eskisi gibi kendimi sevdirmeye çalışmadım.

Çünkü artık ben, kendimi birilerine zorla sevdirmek için uğraşma defterini kapattığım noktadayım. Zaten kendimi zorla sevdirmeye de çalışmadım. Fakat ilk başlarda istiyor gibi davranıp sonra geri adım atmasına anlam verememiştim. Bir süre belirsiz kaldı muhabbet. Ben de ilk zamanlardaki gibi adım attığım halimle gitmiyordum, o zaten bana hiç gelmemişti. Hayatta tahammül edemediğim ve beni gerçekten yoran tek şeydi belirsizlik. Daha fazla bu belirsizliğin içinde kalmak istemediğim için yüz yüze görüşüp konuşalım dedim. Sanki günler bana yirmi dört saat, ona on beş saatmiş gibi bana yine müsait olmadığını ve vakti olmadığını söyledi. Tam da o noktada Bob Marley bana seslendi:

**"Senin için mücadele etmeyen insan,**
**sadece gitmeni bekliyordur."**

Ben de gittim. Ne o Leyla'ydı ne de ben Mecnun. Bu hikâye de böylelikle burada başlamadan bitmişti benim için. Şaşırdık mı? Tabii ki hayır.

Bir gün şans eseri arkadaşımla gittiğimiz bir kafede bilin bakalım kimi gördüm?

Bana sürekli vaktinin olmadığını, müsait olmadığını söyleyen onu gördüm.

Hem de biriyle.

Arkadaşım da fark etti, "İstersen başka bir yere geçelim," dedi ama, "Yok, sorun değil, oturalım," dedim. O beni görmedi ama ben onu gayet iyi görebiliyordum.

Gayet mutluydu, karşısındakine de gayet yakın davranıyordu. Sonra arkadaşıma dönüp dedim ki: "Uğur, vaktim yok diye bir şey yok kardeşim, gönlüm yok diye bir şey var. Gönlüm olsa da gayretim yok diye bir şey var," dedim ve kim söylemiş bilmiyorum ama o çok sevdiğim o sözü ekledim:

**"Çalı bile itmiyor kendisine sığınan kuşu,**
**denk geldiğimiz şu kalplere bak."**

Vaktim yok bahanesine saklanan hiç kimsenin hayatında dış kapının mandalını oynamayın. Birinin hayatında zamanına ortak olmak için boş zamanının gelmesini de beklemeyin. Sevmek, değer vermek zaman yaratmaktır, boş zamanları doldurmak değil.

Birileri bunu bir türlü anlayamadı. İsteyen istediğine öyle bir vakit yaratıyor ki, size kaktüs olup başkalarına lunapark olan insanlar var bu hayatta, uzak olsun.

Kendimizi avutmaya gerek yok. Herkesin vakti var. Sadece, ilgilendiği biz değiliz.

Oysa biz, istenmediğimiz yerde kalacak kadar gurursuz da değiliz. Onlar da vazgeçilmez değil. Bunu onlara hissettirdiysek, vazgeçmesini de biliriz.

Görüşmeyi kestikten bir ay sonra ben hastalandım. Yani Covid-19 hastalığına yakalandım. Bunu öğrendiğinde bana mesaj atmış. Mesajda aynen şöyle yazıyordu:

"*Hastalanmışsın, şimdi gördüm. Umarım iyisindir, bir şeye ihtiyacın olursa ne zaman istersen ara. Sen güçlü bir adamsın, her şey gibi bunu da atlatacaksın.*"

Bu mesaja cevap olarak ne yazılırdı? Tabii ki hiçbir şey. Cevap bile vermedim.

Şimdi diyeceksiniz ki, kinci misin? Asla. Ben ayaktayken, hasta değilken, üstelik ona görüşelim derken gelmeyen insan, hatta cevap bile vermeyen insan, ben hastalandığımda neden gelsin ki? Ben anlamıyorum bu kafayı, anlayamıyorum.

İlla ölmemiz gerekiyor sanırım değer görmek için. Ya da hastalanmamız. Garip.

Güle oynaya elindekini kaybettikten sonra dökülen gözyaşı, timsah gözyaşlarıdır bana göre. Sonradan bilinen kıymetin, sonradan başa gelen aklın, gururdan dolayı açılmayan telefonlar ve bütün bunlar bana Livaneli'nin mezar taşıma bile yazdırmayı düşündüğüm şu sözünü hatırlatır. Bu cümle anlayana çok şey anlatır:

**"Sağ olsam gelmez idin,**
**öldüm yasa mı geldin?"***

---

* Söz ve Müzik: Zülfü Livaneli, "Nefesim Nefesine".

## *Sen kimsenin alternatifi değilsin.*

Canları isteyince gelecekler, canları isteyince gidecekler, seni ikinci plana atacaklar, başkaları söz konusu olduğunda öncelik verecekler ve sonra kimseleri kalmayınca sana geri dönecekler, sen de kabul edeceksin, öyle mi?

Şunu bir anla artık: Sen ne kimsenin boş vaktini dolduracağı, ne ikinci üçüncü plana atacağı, ne kimsenin yalnızca istediği zaman arayıp soracağı, ne de kimsesi kalmayınca geri döneceği insansın. Sen kimsenin alternatifi değilsin.

Hz. Mevlâna'nın dediği gibi:

**"Kendini küçük görmeyi bırak, sen yürüyen evrensin."**

Artık kimsenin sana istediğinde gelip gitmesine, canı istediğinde arayıp sormasına izin vermeyeceksin.

Çünkü sen değerlisin. Enerjini ne istediğini bilmeyen bencil insanlar için tüketmeyeceksin.

Mesela önceliği olmadığın insanlar için asla üzülmeyeceksin. Seni kim ne kadar önemsiyor ve sana kim ne kadar değer veriyorsa, sen de o kadar önemseyip değer vereceksin. Fazlası yok. Ederinden fazla değer vermek de israftır, duygularını israf etmeyeceksin. Mucizeyi insanlarda arama, asıl mucize sensin.

**"Hayatta her şey ol;**
**fakat birilerinin alternatifi asla olma."**

T. S. Eliot

*Gerçekten size ait olan,
özgür bıraktığınızda da sizi sever.*

Önceden hayatıma birini aldığımda, ya ona alıştığımda bir gün giderse diye korka korka sevdiğim günler vardı. Meğer ne yersizmiş o korkular. Gitmek isteyen, sen korksan da gidiyormuş. Ne kadar alışırsan alış, ne kadar güzel seversen sev, insanlar hak edeni değil, layığını seviyormuş. Kaybetmekten korkacak kadar çok sevmek de yetmiyormuş ve insan yalnızca kendini yoruyormuş. Bir zamanlar kaybetmekten korkarak çok seven bir kalp, gün geliyor kaybetmekten korkarak sevdiğini özgür de bırakabiliyormuş.

Şimdi ben de kaybetmekten korktuğum ne varsa özgür bırakıyorum.

Gitmeyi de kalmayı da ona bırakıyorum. Eskidendi o gitmek isteyenin önünde durmalarım, gitmemesi için ikna etmeye çalışmalarım. Bundan sonra ısrar yok, keyfi bilir diyorum.

Sırf değer verdiğim için hatalarını ve yanlışlarını alttan aldığım insanlar vardı. Çok sonradan anladım ki; sevildiğini hisseden insanın nankörlüğüyle uğraşmak çok zor.

Ben kendisini vazgeçilmez sanan insanlarla artık uğraşmıyorum.

**Önceden kaybetmekten korktuğuma
sımsıkı sarılırdım, şimdi özgür bırakıyorum onu...**

*Siz değiştik sanıyorsunuz ama biz hak ettiğiniz gibi davranıyoruz.*

Freud diyor ki:
**"İnsanlar sizi eskisi gibi kullanamadıklarında, değiştiğinizi söylerler."**

Eskiden değer verip sevdiğim birtakım insanlar, öyle alışmış ki dedikleri her şeyi yapmama, her şeylerini onaylamama. Bir yerden sonra baktım ki sevgim ve iyiliğim suiistimal ediliyor, anlamsızlaştırılıyor. Ben de onların istediği gibi değil, olmam gerektiği gibi olma kararı aldım. Birtakım insanları sevip sayıyoruz diye onların da tepemize çıkmasına müsaade edecek değiliz artık.

Bırakalım şu yara aldığımızda insanları suçlamayı, onlara bıçağı veren biziz. Sevmenin, değer vermenin, iyiliğin karşılığı bu olmamalı.

Nedense beni eskisi gibi kullanamayan insanların ağzından her zaman şu cümleyi duymam hiç şaşmadı:

**"Sen çok değiştin..."**

Fakat canım, ben değişmedim. Hak ettiğin gibi biri oldum. Sen fark etmedin.

Beni eskisi gibi kullanamayan da, "Değiştin," diyor. Ben artık bu devri sona erdirdim.

Değiştiğimi düşünerek hayatımda olmayacak kim varsa kapıyı gösterdim.

Ben olmadan da yapabilecek insanların yokluğundan da ben bir şey kaybetmezdim.

Ben artık bunu bazı insanlara söylemekten çekinmediğim bir evredeyim:

**Siz beni değiştim bilin,**
**ben artık hak ettiğiniz gibiyim.**

## *"Kendinden sağlam duvar bulamazsın."*

Bugünlerde sırtımı yasladığım, **"Kuş konduğu dalın kırılmasından korkmaz; çünkü güvendiği dal değil, kendi kanatlarıdır,"** cümlesi bana o kadar güç veriyor ki, başıma bir şey geldiğinde, yanımda olduğunu sandıklarıma değil, kendi kanatlarıma olan güvenimi artırıyor. Kanatlarıma iyi bakmam gerektiğinin önemine değiniyor.

Tutunduğun dal bir gün mutlaka kırılır ama kanatlarına iyi bakmazsan büyük sıkıntılar yaşarsın. Her şeyden önce kendi kanatlarına iyi bak. Dal bir gün kırıldığında seni ayakta tutacak olan yine kendi kanatlarındır. Yani başına bir şey geldiğinde yanındakilerden değil, kendinden medet um. Sevilmediğini hissettiğinde kendini sev. Yalnız hissettiğinde kendini, kendinle vakit geçirmeyi yalnızlık sanmayacağın şekilde yetiştirmeye çalış.

Değersiz hissettiğin zaman kendine yatırımlar yap ve kendini şımart, yani kendine değer ver. Her şeyden önce senin için hayatında en önemli şey ilk önce kendin olmalı.

Ne demişler, **"Önce can, sonra canan..."** Kendinizi sevmezseniz kimsenin sizi sevmesini beklemeyin. Kendinize değer vermezseniz başka hayatlarda değer görmeyi beklemeyin.

Ve kendi kanatlarınıza iyi bakmazsanız bir gün dal kırıldığında yanınızda birilerini arar, bulamaz ve kendinizi yerde bulursunuz.

***Hayatının merkezine başkalarını değil, kendini koy.***

Kime gidersen git, hangi duvara yaslanırsan yaslan, kendinden sağlam duvar bulamazsın bu hayatta. Neden mi? Çünkü insan yalnızca kendisinden emindir. Güven veren her şey, herkes yine de biraz şüphe barındırır. İnsanın canı o kadar yanmıştır ki, herkesin kendisini bir gün yarım bırakacağını sanır. Aslında haklıdır. Başımıza kötü bir şey geldiğinde birilerine sığınmak isteriz. Birilerinin yanımızda olduğunu hissetmek isteriz; çünkü insan en kötü anında tutacak bir el, sarılacak bir beden arar ama genellikle bulamaz. Bulanlar da bu dünyanın en zengin insanlarıdır. Bana soracak olursanız insan kendini, bir gün herkesin gideceği ve düştüğünde kendisine yine el uzatacak kişinin kendisi olacağı şekilde yetiştirmeli.

Mesela kendisini daha çok sevmeli; çünkü sevgisiz kaldığında yine en çok sevgiyi kendi kendine verecek.

Geçenlerde şöyle bir cümleye denk gelmiştim: "Her tuğladan duvar olmuyor, yaslanınca anlarsın." Düştüğün zaman seni, yanında olduğunu sandığın insanlar değil, yine ayağa sen kaldıracaksın. Hatta bazen öyle sert düşeceksin ki yanında olduğunu sandıklarının aslında yanında olmadıklarına üzülmeye fırsatın bile olmayacak; çünkü bir an önce ayağa kalkman gerekecek ve ayağa kalkmak için mücadele vereceksin. İnsanlara değil, kendine güveneceksin. Konduğun dalın kırılması korkutmasın seni. Senin kanatların var.

Başına bir şey geldiğinde ya da kapını acılar çaldığında bütün bunları atlatmak için bir başkasına ihtiyacın yok. Kendine ihtiyacın var. Yalnızca kendine...

Kendine daha sıkı sarılmana, kendini daha çok sevmene ihtiyacın var. Bir şey olduğunda birilerine sığınma isteğini bir köşeye bırakıp sadece kendine yaslanmayı öğrenmeye ihtiyacın var.

Kendimize yaslanmayı öğrenmeliyiz çünkü yanımızda olduğuna inandığımız insanlara yaslanmayı, onlara sığınmayı sürdürmek yalnızca günü kurtarır. Sorunlarla mücadele etmeyi, yanınızdaki insanların varlığıyla bir yere kadar sürdürebiliriz; ama kendimizi, insanların bizi bir gün yarım bırakacağı ihtimalini aklımızdan çıkarmayacak şekilde yetiştirirsek, sorunlarla daha iyi başa çıkar ve onları daha çabuk yenebiliriz.

Dal bir gün kırılır ama insanı yere düşürmeyecek olan yine kendi kanatlarıdır.

Onlara iyi bak.

İnsana ilham olacak ve yaptığı bütün yolculukların aslında kendisine olan yolculuğu olduğunu fark ettirecek Simurg'un hikâyesini bilir misiniz?

"Efsaneye göre, kuşların hayran olduğu ve bütün kuşların hükümdarı olan Simurg kuşu, Kafdağı'nın zirvesinde yaşar ve her şeyi bilirmiş. Bütün kuşlar Simurg'un bilgeliğine inanır, işler ters gittiğinde ise Simurg'un kendilerini kurtaracağını düşünüp onu beklerlermiş.

Fakat gariptir ki hiçbir kuş bu Simurg kuşunu daha önce görmemiş. Simurg hiçbir yerde görünmeyince diğer kuşlar da iyice umudunu kesmişler.

Ta ki kuşlardan biri uzak bir ülkede Simurg'un kanadından bir tüy bulana kadar. Tüyü bulduktan sonra Simurg'un varlığına inanan bütün kuşlar, Simurg'u bulmaya ve yolunda gitmeyen şeyler için ondan yardım istemeye karar vermişler.

Ancak Kafdağı'na ulaşmak için yedi dipsiz ve zor vadiyi geçmeleri gerekiyormuş. Bu yedi vadiyi geçmesi o kadar zormuş ki bir sürü kuş bu yolda kaybolmuş.

Birinci vadi, kuşların isteyeceği her şeyin olduğu 'İstek Vadisi'. Kuşlar burada istediği her şeyin sahibi olabilmenin büyüsüne kapılmış ve kaybolmuş.

İkinci vadi, kuşların gözlerinin sisle kaplandığı ve gördükleri şekilleri birer sülün veya kuğu sandıkları 'Aşk Vadisi'. Burada birçok kuş, gördükleri sülünlerin ve kuğuların güzelliğine kapılmışlar ve bir sürü kayıp vermişler.

Üçüncü vadi, her şeyin gözlerine güzel göründüğü 'Cehalet Vadisi'. Buradan geçerlerken bazı kuşları bir vurdumduymazlık almış. Bu kuşlar hiçbir şeyi önemsememeye başlamış, önemsemedikçe düşünmemiş, düşünmedikçe unutmuşlar. Uğruna yola çıktıkları Simurg'u bile unutmuşlar. Bu vadiden geçerken de epey bir kayıp vermişler.

Dördüncü vadi, gittikleri yolun amaçsız ve anlamsız olduğunu düşündükleri 'İnançsızlık Vadisi'. Bazı kuşlar burada Simurg'u bulamayacaklarını ve bu yolda boş yere öleceklerini düşünmeye başlamışlar. O kadar yolu boşuna gittiklerini düşünüp geri dönmüşler.

Yine kayıp vermişler.

Beşinci vadi, kendilerini yalnız hissettikleri 'Yalnızlık Vadisi'. Bazı kuşlar ise tam bu vadiden geçerken kendilerini yalnız hissetmeye başlamış ve kendi başlarına hareket edip yollarını kaybetmişler. Kendileri için avlanmaya gidip büyük hayvanlara yem olmuşlar. Burada da kayıp vermişler.

Altıncı vadi, Simurg hakkında yayılan söylentilerin dolandığı 'Dedikodu Vadisi'ymiş. Yolculuk esnasında en arkadaki kuştan en öndeki kuşa doğru bir dedikodu almış başını gitmiş. Simurg'un aslında olmadığını, yalnızca bir rivayetten ibaret olduğunu ve gitmelerinin anlamsız olduğunu düşünmüşler, yollarından vazgeçip geri dönmüşler. Bu vadide de epey bir sayıları eksilmiş ve kayıp vermişler.

Yedinci vadi ise 'Ben Vadisi'ymiş. Bu vadiye geldikleri sırada her kuş ayrı telden çalmaya başlamış. Biri diğerinin kanadını beğenmemiş, diğeri her şeyi bildiğini iddia etmeye başlayıp yanlış yolda gittiklerini söylemiş. Hepsi farklı bir şey söylemiş ve kendi söylediği şeylerin doğru olduğunu kabul ettirmeye ve lider olmaya çalışmış. Bu vadiyi geçene kadar bencillikleri yüzünden en öne geçmek için birbirlerini ezip durmuşlar. Burada da kayıp vermişler.

Kayıp vere vere nihayet Kafdağı'na varmışlar ancak geriye yalnızca otuz kuş kalmış. Geçilmesi zor vadileri aşabilen bu otuz kuş yuvaya vardıklarında işin sırrını çözmüşler. Gittikleri yerde Simurg kuşu yokmuş.

Peki gerçekten var mıydı böyle bir kuş? Ya da boşuna mı çekmişlerdi onca eziyeti? Peki bir inat uğruna mı kurban gittiler? Hayır.

Aradıkları Simurg kuşu kendileriymiş...

Farsça da 'si' otuz, 'murg' ise kuş demekmiş. Yolculuğun sonuna gelen bu otuz kuş aslında aradıkları şeyin ta kendisi olduğunu öğrenmiş."[9]

Bu hikâye, aslında tam olarak bizi anlatıyor. Hayatımızın merkezine iniyor.

Başımıza bir şey geldiğinde bir başkasını değil, kendimizi aramalıyız ve kendimizi bulmalıyız. Başkasından değil, kendimizden medet ummalıyız.

Bunların bilincinde uçmak dileğiyle...

*"Senin değerini bilmediğin bir güne, kelebek ömür diyor..."*

Geçmiş, şimdiki zaman ve gelecek arasında akıp gidiyor ömrümüz.

Kimimiz geçmişinden bir türlü kopmuyor ya da kopamıyor. Acıdan beslenmeyi bir hayat biçimi haline getiriyor kendine. Kimimiz anın tadını çıkarıyor, unutuyor derdi tasayı.

Ya da o an unutmuş gibi yapıyor, ana odaklanıyor. "Andan ne kadar zevk alabilirsem bana kârdır," diyor. Kimimiz ise gelecekçi. Henüz gelmemiş bir günün hayaliyle yaşıyor. Bugünü yaşamadan yarının planını yapıyor.

Ama herkesin unuttuğu bir detay var:

**"Gelecek planları yapılırken,**

**hayat da kendi planlarını hazırlıyor."**

Ne kadar katılırsınız bilmem ama John Lennon'un şu cümlesine ben sonuna kadar katılıyorum:

**"Hayat, siz planlar yaparken**

**başınıza gelenlerdir."**

Ben plan yaparak yaşamayı bırakalı epey bir zaman oldu. Çünkü artık çok iyi öğrendim ki, bir şeyi ne kadar irdelersen, o kadar çok çıkamıyorsun işin içinden. Ne kadar çok istersen bir şeyleri, kaçıyor senden. Ben de artık bu yüzden anı yaşamaya çalışıyorum.

Plan yapa yapa, yarınları düşüne düşüne haksızlık ettiğimiz çok büyük bir şeyi size hatırlatıyorum: **bugün...**

Gelin size bugünün değerini ve önemini vurgulayan zaman hikâyesinden bahsedeyim.

Bilenleriniz hatırlar belki bu meşhur zaman hikâyesini; ama yalnız bu hikâye gerçekten de insana yaşadığı bugünün değerini bildiriyor. İnsana, kendisine, "Yarınlar kime vaat edilmiş ki?" dedirtiyor.

"Her sabah hesabınıza 86.400 TL yatıran bir banka düşünün. Gün boyu harcamakta veya harcamamakta özgürsünüz. Parayı istediğiniz şekilde kullanabilirsiniz.

**Yalnız bu oyunun şöyle bir kuralı var:**

Harcamayı başaramadığınız tutar ertesi güne asla devretmez, akşam hesabınızdan geri çekilir ve bu paranın hiçbir bölümünü ne sebeple olursa olsun saklayamazsınız.

Bir önceki günün tutarının tamamını harcamış da olsanız ertesi sabah yine 86.400 TL bulacaksınız. Nasıl ama, çok keyifli, değil mi?

Farkında olsanız da olmasanız da aslında hepimizin böyle bir bankası var.

Adı: **'Zaman Bankası'...**

Her sabah 86.400 saniye hesabınıza yatıyor ve o gün daha fazlasını isteseniz de harcayamıyorsunuz. Kullanamadığınız kısım ise akıp gidiyor ve hesabınızdan siliniyor.

Asla ama asla hiçbir şekilde devretmiyor. Bu güzel banka, size her gün yeni bir hesap açıyor ve her akşam günün bakiyesini siliyor. Eğer günlük hesabınızı en doğru şekilde kullanamadıysanız zarar size ait. Geriye dönüş yok, yarından avans çekmek hiç yok.

Bugünü, bugünkü hesaptan yaşamalısınız. Zaman ne sizi ne de bir başkasını bekler.

Dün mazi oldu. Yarın ise muamma.

Bugün ise avuçlarımızın içine en güzel şekliyle sunulmuş bir armağandır..."[10]

## *Geçmişinle değil, bugününle yaşa.*

Yaşanıp biten şeyler için üzülmenin anlamı yok.
Dünün geri gelmesini beklemene de hiç gerek yok.
Dün asla geri gelmeyecek. Yarın ise belirsiz.
Önemli olan:
Şu anını yaşaman ve sahibi olduğun şeylere
sımsıkı sarılman.
Bak, bu yazıyı okuyana kadar bile
hayatından on saniyen gitti.
Zamanın en büyük servetin olsun.
Kime ayırdığına dikkat et.
Kiminle paylaştığına dikkat et.

*"Kaybettiğimizi sanıyoruz ama bazen Allah kurtarıyor."*

Kaybettik diye üzüldüğümüz insanların gidişleri aslında kurtuluşumuz oluyor, farkına varamıyoruz. Bazen birilerinin bize ait olmadığını, hayatımızda olmaması gerektiğini erken fark etmek hayat kurtarıyor, göremeyebiliyoruz.

Şimdi verdiğin emekleri düşün, yaptığın fedakârlıkları, harcadığın çabaları, bir şeyler ayakta kalsın diye tek başına uğraştığın zamanları düşün. Birileri senden gitti diye üzülüyorsun ya hani, kaybettiğin için ağlayıp sızlanıyorsun ya, bırak gitsin.

Evet gitsin. Bazen de sen gideceksin. Sebepsiz değil, sebeple. Mesela senin için hiçbir çaba sarf edilmediğini, emek verilmediğini gördüğün an gitmelisin. Ya da o kadar çabana rağmen gitmek isteyene izin ver, bırak gitsin.

Reşat Nuri Güntekin'in de dediği gibi:

**"O kadar emeğe rağmen giden insan;**

**yüktür, kayıp değil."**

Bunu böyle bilesin...

**Senden gitti diye üzülme.**
**Hiç kimseyi kaybetmedin.**
**Bir yükten daha kurtuldun, hepsi bu.**

*Yetişemezsin herkese,*
*gel otur, dinlen şöyle.*

Ne zaman fark edeceksin?

Herkese yetişemezsin canımın içi.

Sürekli başkalarına yetişmeye çalışmaktan yorulmadın mı sahi?

Bunun sonu yok, gör bu gerçeği.

Hiçbir şeyden memnun olmayan insanları mutlu etmeye çalışmak senin görevin değil.

İnsanların kendisiyle olan kavgaları seni ilgilendirmez.

Kendini bu kaosun ortasına itmeyi bir an önce bırak.

Kime ne kadar iyilik yaparsan yap, ilk hatanda yine kötü sen olacaksın ve her zamanki gibi kimseye yaranamayacaksın.

İstediğin kadar iyi bir insan olmak için çabala, en ufak hatanda senden kötüsü olmayacak ve en kötü insan sen olacaksın. Bu gözler aksini görmedi.

Bak ne diyor Sadi Şirazi:

**"Bin doğru yapsan da, bir yanlışını konuşur tanıdığın insanlar."**

Sen hiçbir şeyden memnun olmayan doyumsuz insanları mutlu etme vakfı değilsin.

Dünyaya da zaten bunun için gelmedin. Sen kendin için yaşa, onlar doymazlar.

Tolstoy özetlemiş:

**"Memnuniyetsiz insanlar mutsuzlukları için**
**hep başkalarını suçlarlar,**
**özellikle de kendilerine en yakın insanları."**

## "Yarına kalır da, yanına kalmaz."

Nahl suresi 96. ayet insana inşirah tadında bir teselli veriyor resmen.

Sanma ki seni üzenler kârda, sen zarardasın.

Bak ne diyor Allah (c.c):

**"Sabredenlere ecirlerini yaptıklarından**
**daha güzeli ile ödeyeceğiz."**

Üzüldüğümde kafaya çok takmıyorum artık; çünkü hak etmediğim şeyleri yaşamamın ve üzüntülerimin hesabının Allah tarafından sorulacağı gerçeği rahatlatıyor beni.

Bugün yanıma kalır diye üzenlerin, yarın yanına kalmayacağını da görecek bu gözler.

Ben sabrediyorum; çünkü Allah, kırık kalplerdedir, bunu çok iyi biliyorum.

Hiçbir zaman beni üzen insanlardan intikam almaya çalışmadım.

Beni üzmeyi kafasına koymuş, bensizliği göze almış hiç kimseye dur demedim.

Kim kendine neyi yakıştırdıysa onu yaptı.

Üzüldüm mü? Evet. Ama ben üzüp de mutlu olanı görmedim.

O yüzden sana da üzülme demiyorum, tabii ki üzüleceksin.

Tabii ki canın yanacak ve kendini kahredeceksin.

Hatta bazı geceler, "Ben kendimi kimler için harcamışım," diye kendini tüketeceksin.

Onlar için yaptıkların ve kendin için yapmadıkların geçecek gözünün önünden, delireceksin.

Ama şu dünyada mutsuz edip mutlu olan, yaptıkları yanına kalan ve ağlatıp da gülen yok. Bu gerçeği de zamanla öğreneceksin.

Şimdilik sabır, biraz sabır. Sabır ağacının o tatlı meyvesi sana gelecek, afiyetle yiyeceksin.

Unutma ki Allah; umudunu da, intikamını da kendine bağlayanı yarı yolda bırakmaz.

O ki üzenlerin hesabını yarına bırakır da yanına bırakmaz.

**Merak etme, seni üzdüklerini onlar unutsa da,**
**Allah unutmaz.**

*Kaybettiğime üzülmek yerine, "Hayırlı değilmiş," diyorum.*

Kaybettiklerimin aslında kurtuluşum olduğunu bana gösteren Rabbime de şükürler olsun.

Bir zamanlar kaybettiklerime üzüldüğüm hatta ve hatta oturup ağladığım zamanlarım vardı.

Ne yalan söyleyeyim, bu zaman dilimi beni çok yıprattı.

Sonra kendime şu soruyu sordum: "Baktım ki sadece ben üzülüyorum, yıpranıyorum, kaybettiğim her kim varsa hiç kuşkusuz yoluna hiçbir şey olmamış gibi devam ediyor, ben neden olduğum yerde sayıyorum? Ağlıyorum? Yıpranıyorum?"

Kolay olmadı ve biraz zaman aldı ama yaşadıklarım bana kaybettiklerime üzülmek karşısında yeni bir düşünce kazandırdı: O benim için hayırlı olsa zaten bende kalırdı...

**Kaybettim diye üzülme.**
**Kaybettim diye üzüldüklerinin yerine**
**daha iyisini verecek Rabbin kalbine.**

## Hatırlatma:

İbn-i Sina diyor ki:
**"Öfke karaciğeri, keder akciğeri, üzüntü mideyi,
stres kalp ve beyni, korku ise böbrekleri yorar.
Bunlar vücutta artınca ve sürekli ise,
organ hasta olur."**

Ne zaman seni biri üzerse, ne zaman içinden çıkamayacağın derin düşüncelere dalarsan, birine kırılırsan ya da kızarsan, kederlenirsen ve ne zaman bir korku sararsa seni, bu sayfayı bulup oku. İbn-i Sina'ya kulak ver. Hiçbir şeyin senden değerli olmadığını, aslında kafaya taktığın şeylerin kendi sağlığından önemli olmadığını anla ve kendine tekrarla:
*Hiçbir şey ve hiç kimse benden daha değerli değil.
Sağlığımdan hiç değil...*

## Artık akıllandım.

Her gördüğüm limana sığınmaya çalışmıyorum artık. Düştüğümde ayağa kalkmak için birilerine el uzatmıyorum. Canım yandığında yanımda birilerine ihtiyaç duymuyorum. Ağladığımda başımı koyacak bir omuz desen hiç aramıyorum. Mesela karşıma çıkan insanları kendim gibi sanmıyorum. Bir şeyler ayakta kalsın diye tek başıma çabalayıp hiçbir şeyi alttan almıyorum. Beklentiye girmiyorum. Önceden sevilmek isterdim. Biraz da olsa değer görmek. Ne bileyim, birilerinin önceliği falan olmak. Ama şimdi aramıyorum. Aksine, bir zamanlar arkasından koştuğum şeylerden şimdilerde ben uzaklaşıyorum. Sanırım yüreğim soğumuş benim, bilemiyorum. Sezai Karakoç demiş ya:

**"Yüreği soğuyanın savaşı biter..."**

Ben bu aralar hayatı tam olarak bu noktada yaşıyorum. Yüreğim soğudu ve bu savaşı bitiriyorum. Siz kazandım zannedin, ben çekiliyorum.

**Benim sizinle savaşım bitti.**

*Üzülme.*
*Seni bir gün sanki hiç üzülmemişsin gibi razı eden Rabbin var.*

Allah'ın her zaman bizim için daha hayırlı bir planı vardır, o bunu bilir ama biz hiçbir zaman bilmeyiz. Allah, bir kapı yüzümüze kapandığında daha iyisini bize açmadan bırakmaz.

Mesela çok sevdiğimiz bir insan bizden gittiğinde siz zanneder misiniz ki o kendiliğinden gidiyor. Hayır, aslında Allah daha iyi bir kulunu karşımıza çıkaracağı için bizi sadece ondan uzaklaştırıyor. Hz. Mevlâna'nın akıllara kazımamız gereken şöyle sözü var:

**"İstediğin bir şey olursa bir hayır,**
**olmazsa bin hayır ara."**

Çok istediğin bir şey eğer gerçekleşmemişse üzülme. Yarın daha iyisi seni bulacağı içindir.

Gün gelir, uğruna ciğerlerin sökülene kadar gözyaşı döktüğün bir şey karşısında dilinden şu cümleleri de döktürür Rabbim: "O zamanlar gerçekten çok üzülmüştüm ama şimdi anlıyorum ki bunda da bir hayır varmış."

Umutsuzluğa kapılanlara Secde suresi 17. ayet şöyle sesleniyor:

**"Hiç kimse kendisi için gizlenen müjde ve mutluluğu bilemez."**

## *Hayat geç kalmayı affetmez.*

Sanki yarına çıkacağımız belliymiş gibi her şeyi yarına ya da başka bir güne erteleriz çoğu zaman. Bir kahveyi, bir filmi, belki bir kitabı, sımsıkı bir sarılmayı, verdiğimiz değeri göstermeyi ya da sevdiğimizi söylemeyi. Hayata dair ertelediğimiz ne varsa bir hastane koridorunda düşer aklımıza.

Hayatımızın metrekaresine düşen ve ertelediğimiz her şeyin önemini ve değerini o zaman anlarız. Bu dünyanın işi bitmez çiçeğim. Sana Elif Şafak'ın şu cümlesini hatırlatmak isterim:

**"Ertelemek yaşamın mayasını kaçırır.
Kızdıysan bağır, sevdiysen söyle,
özlediysen arkasından koş."**

Bugün gurur yaparak sevdiğini söylemeyi ertelediğin insanı yarın görememek diye bir şey var. Ertelemek demişken size yakın zamanda pişmanlığını yaşadığım bir olayı anlatmak istiyorum. Biraz hava almak ve yürüyüş yapmak için çıktığım akşamlar, caddede mendil satan bir amca dikkatimi çekiyordu sürekli. Gözler yalan söylemez derler ya hani, ben de bakışlarından gerçekten mahcup ve yardıma ihtiyacı olduğunu düşünmüştüm. O akşamlardan birinde evime döndüğüm esnada yine o amcanın önünden geçerken o mahcup bakışlarıyla insanlara mendil uzattığını gördüm.

Geri dönüp mendillerinin hepsini almak istedim ama ondan uzaklaştığım için geri dönemedim ve kendi kendime,

"Yarın hepsini alırım," dedim. Demez olaydım. Sanki evren benim onu dememi bekliyormuş gibi akşamları yürüdüğüm caddede o amcayı artık göremez oldum. Biraz zaman geçtikten sonra ve merakımın iyice artmasıyla amcanın oturduğu yerdeki taksi durağına gidip onu sordum. Kanser hastasıymış, eşini kaybettikten sonra hastalığı iyice ilerlemiş. Çocukları desen terk etmiş. Hayatı altüst olmuş anlayacağınız. Ara sıra duraktaki insanlar da yardımcı oluyormuş o amcaya; ama hastalığı iyice ilerleyince ölmüş.

Bunu öğrendiğimde kendime o kadar kızdım ki... Şimdi diyeceksiniz, senin alacağın mendillerle mi kurtulacaktı hayatı? Haklısınız, belki düzelmeyecekti; ama ben her oradan geçtiğimde mendillerinden alırdım, yanına oturup biraz derdini dinlerdim. Belki daha iyi hissederdi. İnsan bazen bunca telaşın içinde ve herkesin yalnızca kendini düşündüğü bu devirde, birinin yanına oturup derdine kulak vermesini ve anlaşılmayı ister.

Geç kalmıştım. Zamanı da geri alamazdım. Anlayacağınız ertelemenin pişmanlığını yakın zamanda böyle yaşadım. Belki de bu bana iyi bir ders oldu, artık hiçbir şeyi ertelemiyorum; çünkü ertelediğim bir şeyin pişmanlığı, rahatlığından daha ağır oluyormuş, çok iyi anladım.

Ertelemek ve pişmanlık demişken, size kırlangıcın hikâyesinden de bahsetmek isterim.

"Günlerden birinde bir kırlangıç bir adama âşık olmuş. Cesaretini topladığına karar verdikten sonra adamın penceresinin önüne konup küçük gagasıyla cama vurmuş.

'Tık... Tık... Tık...'

Adam cama bakmış fakat içeride kendi işleriyle uğraşıyormuş.

Kimmiş onu işinden alıkoyan? Minik bir kırlangıç!

Kırlangıç heyecanını bastırarak gagasını açmış ve o küçük kalbinden dökülmeye başlamış sözcükler:

'Hey adam, ben seni seviyorum. Nedenini, niçinini sorma. Ben uzun zamandır seni izliyorum. Bugün cesaret buldum konuşmaya. Lütfen pencereyi aç ve beni içeri al. Birlikte yaşayalım.'

Adam hemen parlamış:

'Daha neler! Sen de nerden çıktın şimdi? Olmaz, alamam,' demiş. 'Hem sen bir kuşsun; hiç, bir kuş adama âşık olur mu?' diye eklemiş.

Kırlangıç mahcup olmuş ve başını öne eğmiş fakat pes etmemiş. Bir süre sonra pencereye tekrar konmuş. Gülümseyerek şansını tekrar denemiş.

'Hadi aç artık şu pencereni, al beni içeri. Hem ben sana arkadaş olurum, hiç canın da sıkılmaz, birlikte yaşar gideriz,' demiş.

Adam yine aynı inatla aynı cevabı vermiş:

'Olmaz, seni içeri alamam, git başımdan!'

Aradan biraz zaman geçmiş ve kırlangıç son kez adamın penceresine gelip adama şöyle seslenmiş:

'Bak soğuklar da başladı, üşüyorum dışarda. Aç şu pencereyi de al beni içeri. Yoksa sıcak yerlere göç etmek zorunda kalırım. Çünkü ben ancak sıcak yerde yaşayabilirim. Pişman olmazsın, seni eğlendiririm, birlikte yemek yeriz, bak, hem sen de yalnızsın, yalnızlığını paylaşırım.'

Adam bu yalnızlık meselesine sinirlenip kuşu, 'Olmaz, alamam, defol başımdan,' deyip kovmuş.

Kırlangıç son denemesinden sonra yine aynı cevapları alınca kalbi kırılmış, başını önüne eğmiş ve çekip gitmiş.

Yine aradan biraz zaman geçince adam kendi kendine düşünmeye başlamış ve kendi kendine, 'Ben ne aptal, ne akılsız bir adamım. Neden kırlangıçla kalmayı kabul etmedim,' diyerek çok pişman olmuş. Olmuş olmasına ama iş işten geçmiş. Sonra da kendini şu sözlerle avutmuş:

'Nasıl olsa sıcaklar başlayınca kırlangıcım tekrar gelir, onu içeri alır, birlikte mutlu bir hayat süreriz.'

Sonra penceresini sonuna kadar açıp kırlangıcı beklemeye başlamış. Yaz gelmiş, kırlangıçlar da gelmeye başlamış ama o kırlangıç hâlâ gelmemiş. Yazın sonuna kadar hiç penceresini kapatmadan o kırlangıcı beklemiş ama ne fayda...

Gelen diğer kırlangıçlara sormuş ama onun kırlangıcını gören hiç olmamış. Adam dayanamayıp sonunda bir bilgeye halini danışmak için gitmiş. Bilge kişi, adamın olayını dinlemiş ve adama yalnızca şunu söylemiş:

'Kırlangıçların ömrü altı aydır...'"[11]

İşte, hayatta bazı fırsatlar önümüze bu kırlangıç gibi gelir ama değerlendiremezsek, ertelersek ya da görmezden gelirsek uçar gider. Değerini bilmediğiniz o insanlar var ya, hani şu kırıp üzmekten sevmeye vakit bulamadığınız o insanlar, karşınıza yalnızca bir kere çıkar. Değerini bilmezseniz uçar giderler. Dönmemek üzere. Zaman bir o kadar değerli ve bir o kadar acımasızdır. Kimseyi beklemez. Hayat da geç kalmayı affetmez.

Son pişmanlık zaten fayda etmez. Anı yaşa, anın değerini bil ve hiçbir şeyi erteleme. Giden hiçbir şey geri gelmez...

## *Ben iyileştim.*

Acıların da bir ömrü vardır.

Bir yerden sonra eskisi kadar acıtmaz bizi.

Çünkü hiçbir acı sonsuza dek sürmez.

Bir süre yaşanmayı talep eder, biz de bir süre yaşarız ve sonra giderler.

Ama bazılarımız bazen o acılarla o kadar bütünleşmiştir ki canının artık eskisi kadar acımadığını hatta o acının kendisini terk ettiğini fark etmez bile. Oysa özgürdür artık.

Bir zamanlar kendisini kapattığı o kafesin kapısı açıktır artık.

Ama kendisini yaşadığı sıkıntı ve acılarla hayatın akışına bırakmıştır. Bu ıstıraptır.

İnsan ne yaşarsa yaşasın, bir yerden sonra ayağa kalkmalı, o kapıdan çıkmalı ve önüne bakmalıdır. Daima önüne. Kendisini acıya teslim etmiş, artık ayağa kalkması gereken ama bir türlü gözünü açamayanlara küçük bir hatırlatma:

"Sadece ölü balıklar akıntıya kapılır."

Düşmüş olabilirsin belki ama sen hâlâ hayattasın.

Artık ayağa kalkmalısın, bazı insanlara ve acılara haykırmalısın:

"Ben iyileştim!"

Tam zamanı.

Eskiler ne güzel söylemiş:

**"Musibetler misafirdir.**
**Evde sabrı görmezse, yatıya kalır."**

*Varlığı yara, yokluğu ilaçmış bazılarının.*

Hayatta öyle şeyler yaşıyorsun ki bir yerden sonra senden gidenleri kaybın olarak görmediğin bir noktaya geliyorsun.

Kendiliğinden gelmiyorsun o noktaya. Güvendiğin insanlar itiyor seni oraya. Bir zamanlar kaybım olarak gördüğüm insanların şimdilerde bana yalnızca yük olmaktan öteye gidemediğini çok net görüyorum. Eskiden benden giden insanlar için üzülürdüm. Kendimi suçlardım, kendime kızardım. Şimdi her geleni nasibim, her gideni kaybım olarak görmediğim yerden, benden giden insanlara Frida Kahlo'nun şu sözüyle sesleniyorum:

**"Hayatımdan çıkan, beni kendinden kurtaran**
**herkese teşekkür ederim. Çok ağır bir hastalığı,**
**sonunda yenmiş kadar hafifim.**
**Yokluğunuz harika bir ilaçmış."**

**Sen de lütfen şunu anla artık;**
**o senin kaybın değil, sana yüktü.**

## *Hata yapmaktan korkma.*

Hata mı yaptın? Kendine kızma. İnsan hata yaparak ulaşır başarıya ve olgunluğa.

Hem iyidir hata yapmak, etrafındaki insanları tanıtır sana.

Yanlış bir karar aldığında veya hata yaptığında kendine kızacağına, yaptığın hata ve yanlış sayesinde kendini doğruya ve olgunluğa bir adım daha yaklaştırdığın için, kazandığın tecrübe için teşekkür et. Hayatına aldığın insan senin için yanlış insan olabilir ve sen o insana hak etmediği halde bir sürü fedakârlık yapmış olabilirsin.

Güvenmemen gereken insanlara güvenmiş de olabilirsin.

Çalıştığın işte başarılı olmayabilirsin.

Sınavların sana istediğin sonuçları da getirmiyor olabilir.

Sürekli aldığın yanlış kararlar yüzünden sakın ümitsizliğe kapılma.

Başarısız sonuçlar aldığında kendini üzme.

Elde etmeyi istediğin her ne varsa, sana onları aldığın yanlış kararlar getirecek.

"Bir gazeteci, kariyerinin zirvesine çıkmış bir yöneticiyle görüşüyordu. Söyleşinin bir yerinde gazeteci:

'Başarının sırrı nedir sizce?' diye sordu.

Cevap çok kısaydı.

'İki kelimedir,' diye cevapladı yönetici.

'Peki o iki kelime nedir efendim?' diye sordu yeniden gazeteci.

'Doğru kararlar,' dedi yönetici.

'Peki bu doğru kararlar nasıl alınır?'

'Bir kelimeyle.'

'O nedir peki?'

'Tecrübe.'

'Peki, bu tecrübe denilen şey nasıl elde edilir?'

'O da iki kelimeyle.'

'O iki kelime nedir?'

'Yanlış kararlar.'"[12]

**Unutma ki hayat,**
**kaybettiğin yerden başlar...**

## *Allah seni, senin için en hayırlısına saklıyor.*

İnsan bazen yanlış insanlara değer vermekten, güvenmekten ve bunların bedelini ağır ödemekten yoruluyor. Paulo Coelho yanlış insanlara değer vermekten yorulanlara şöyle sesleniyor:

**"Yanlış insanlar zaman kaybı değil,**
**doğru insanı algılamak için birer öğretmendir."**

Sürekli aynı şeyleri yaşamaktan yoruldun. Doğru diye adım attığın insanların aslında hayatının yanlışı olacağını görmekten sıkıldın. Bu insanlara zaman ayırmaktan, onlara kendini anlatmaktan ve bütün bunların başa sarmasından bunaldın.

Seni çok iyi anlıyorum ama doğru insana denk gelmeden önce yanlışları görmen gerekir. Hayatta hiçbir şey yaşanmadan öğrenilmez ve insan doğruyu yalnızca deneme yanılma yöntemiyle bulabilir. Yanlış insana denk geldiğinde kendine kızma.

Senin için en hayırlı ve doğru olana biraz daha yaklaştığın için mutlu ol.

Ve şunu da aklından asla çıkarma: Bugün yalnızım diye üzülüyorsun ya hani, Allah seni, senin için en hayırlısına saklıyor.

Uzun lafın kısasını Hz. Mevlâna şöyle açıklıyor:

**"Üzülme, ayağına batan dikenler,**
**aradığın gülün habercisidir."**

## *Zamanı geri alamam ama kendimden özür dilerim.*

Beni sevmeyen insanları sevdiğim için kendimden özür dilerim.

Gitmek isteyen insanların önünde durduğum için kendimden özür dilerim.

Bana değersiz hissettirenlere değer verdiğim için kendimden özür dilerim.

Anlamayana anlatmaya çalıştığım için kendimden özür dilerim.

Başkalarına yetişmeye çalıştığım ve kendime geç kaldığım için kendimden özür dilerim.

Sanki hiç kendi derdim yokmuş gibi değmeyen insanların derdine koştuğum için kendimden özür dilerim.

Başkaları mutlu olsun diye kendimi mutsuz ettiğim için kendimden özür dilerim.

Yerimi hemen başkalarıyla dolduran insanların acısını çektiğim için kendimden özür dilerim.

Şimdi düşünüyorum da, beni siz üzmemişsiniz. Hepsine ben izin vermişim. Kendimden önce sürekli başkalarına öncelik verişlerim, sevilmeden sevişlerim ve değersiz hissederken değer verişlerim farkında olmadan beni çok yıpratmış, bilememişim. Bilmiyorum, fazla fedakârlık yaparak girdiğim kendi kul hakkımın hesabını Allah'a nasıl veririm.

Bildiğim bir tek şey var: Artık ben de kendimi düşüneceğim. Siz değerliyseniz, ben sizden de değerliyim!

**Yok öyle eskisi gibi tek başıma**
**mücadele etmelerim.**
**Bundan sonra tek önceliğim, kendimim.**

## *"Derdini dert edinen insanları sev."*

Canın yandığında timsah gözyaşı döken için değil; sen sevindiğinde sevinen, üzüldüğünde de üzülen, kısacası derdini dert edinen insanları sev. Çabalayacaksan da onlar için çabala. Yorulacaksan da onlar için yorul. İyi de öyle insanlar yok ki deme, var aslında. Var öyle güzel ve gönülden seven kalpler. Sen uyuduğunda bile senin için ettiği duayla senin üzerini örten, senin iyiliğini isteyen ve her şeyiyle senin yanında olabilecek yürekler. Sen yok zannediyorsun ama var.

Sorun ne, biliyor musun?

Sonunu bildiğin halde izlediğin filmi defalarca izlemen. Vazgeçmen gereken insanlara sımsıkı tutunman.

Derdinle gizliden mutlu olanlar yüzünden, derdini dert edinip üzülecek insanlara denk gelemiyorsun.

Mutsuz musun? Kökün kimseye bağlı değil. Sen de ağaç değilsin. Yerini hemen değiştirebilirsin. Bağlı kalma. Seni mutsuz eden, aşağı çeken ve mutsuzluğunla mutlu olandan vazgeç gitsin.

Sana iyi hissettirecek, seni mutlu edebilecek ve seni iyileştirecek olan şeyler kapında, bunu görmezden gelemezsin.

Deepak Chopra'ya kulak vermelisin:

**"Herhangi bir şeye sıkı sıkıya tutunmak,
nefesini tutmaya benzer. Sonunda boğulursun."**

## *Sevgi kazanacak.*

O kadar meşgul ki herkes, o kadar bencil ki insan ve öyle bir çağ ki bu, oturup dinlemiyor bile insan insanı. Anlamıyor. Sevmiyor mesela. Sürekli hastalık haline gelen bir güvensizlik almış götürmüş hayatları. Yaşadığı acıların faturasını suçu günahı olmayan insana kesme merakı. Bir sevgisizlik ve hissizlik hâkim şimdiki kalplere. Tutmuş böyle, bırakmıyor. Ama herkes memnun halinden, kimse etmiyor müdahale.

Kısacası, kimsenin kimseye zerre bir şey hissetmediği ama herkesin herkesle samimi olduğu bir çağa hapsolduk biz. Ben yine de akıllanmayacağım; bu dünyanın, iki kalbin birbirini gerçek sevgiyle sarmasıyla güzelleşeceğini düşünmeye devam edeceğim. Siz ekmeye devam edin kalbinize nefret tohumlarını. Sevgi, gerçek sevgi sizi yenecek. Bir gün mutlaka yenecek.

Belki bugün değil ama o gün bir gün gelecek.

Elbet bir gün.

Ne güzel özetlemiş Nuri Pakdil:

**"Yapayalnız dolaşıyor bu çağın insanı.**
**Çünkü birlikte yürüyecek kadar güvenmiyor**
**kimse birbirine."**

## *O yorulan kalbine söyle: Allah benimle.*

İnsanın en çok zoruna giden şeylerden birisi de zor zamanlarda yanında bildiği insanların el olmasıdır. Yar bildiklerinin yara olmasıdır.

Yaşadıkların sana müstahak demiyorum.

Sadece ve sadece artık gözlerini aç ve bazı gerçekleri gör diyorum. Her yanındayım diyene kanma diyorum. Yar sandıkların sana yara oluyor, üzülüyorsun, sonra zor toparlanıyorsun diyorum. Yakınındaki insanların her sıkıntısında koştun, el uzattın. Sana bir şey itiraf edeyim; sen başkalarına yetişmeye çalışırken kendine geç kaldın. Yapma canımın içi. Bu düzeni böyle devam ettirdiğin sürece çok üzersin kendini. Hayatında kimsenin senden önce gelmesine izin verme.

Her şey kendini daha çok sevmekle başlar, daha çok sev kendini.

Bugün sevgini gösterdiğin insan, yarın senin sevginden aldığı güçle seni ezer, kimseye verme bu izni.

Dertlerin var, sıkıntıdasın, yalnız hissediyorsun ama sadece bu kadar.

Yanındayım diyen insanlar seni yalnız bırakmış olabilir, dert etme.

Şimdi söyle yorulan o kalbine: Allah benimle.

**"Hz. Yusuf'u kuyuda, Hz. İbrahim'i ateşte,**
**Hz. Yunus'u balığın karnında,**
**Efendimizi mağarada darda bırakmayan Allah,**
**seni de darda bırakmaz!"**

## *Bir defne yaprağı olamıyoruz.*

Güveniyoruz, hissediyoruz, sonra bir şeyler yolunda gitmiyor ve kendimizi büyük acıların içinde buluyoruz. Kırılıyoruz. Bunun intikamını da bir sonrakinden alıyoruz.

Kırıldık ya, incindik ya, kırmamız lazım, incitmemiz lazım diyoruz.

Açık konuşalım: İntikamı çok seviyoruz. Bir defne yaprağı olamıyoruz.

Defne yaprağı, kırılınca etrafına güzel kokular saçan nadir bitkilerdendir. Keşke ben, sen, keşke hepimiz bir defne yaprağı olabilseydik de her kırılmamızda güzel kokularımızı saçabilseydik etrafımıza.

Maalesef, bir kere kırıldık diye herkesi kırıyoruz; ama hiçbir zaman şu soruyu da kendimize sormuyoruz:

**"Ya kırdığım bu kalbi Allah seviyorsa?"**

"Bir baba, bir gün oğluna, 'Her kırdığın insan için şu tahtaya bir çivi çak,' der.

Oğlu babasının dediğini yapar ve her kırdığı insan için tahtaya bir çivi çakar. Bir süre sonra bakar ki tahta çivilerle dolmuş taşmış. Çivilerle dolan tahtayı babasına gösterir.

Babası oğluna, 'Peki, şimdi kırdığın insanların gönlünü al ve her aldığın gönül için bir çiviyi sök,' der.

Oğlu kendisine söyleneni yapar ve babasının yanına çivileri söküp gelir ama tahta delik deşiktir.

Baba tahtayı eline alır ve oğluna şöyle der:

'İnsan kalbi bu tahta gibidir oğlum, kırdığın kalbi belki onarırsın ama izi her zaman kalır.'"[13]

**"Kâfir bile olsa, hiç kimsenin kalbini kırma.**
**Kalp kırmak, Allah Teâlâ'yı incitmek demektir,"**
diyen Ahmet Yesevi,
**"İncinsen de incitme,"** diyen Hacı Bektaş Veli,
**"Bir bahçeye giremezsen durup seyran eyleme.**
**Bir gönül yapamazsan yıkıp viran eyleme,"**
diyen Yunus Emre, sonuna kadar haklıydı.
Örnek almalıydık.

## *Bazıları kaybedince pes eder, bazıları kaybettiği yerden devam eder.*

Hiçbir şey için geç kalmadın.

Tam da bir şeylere yeniden başlaman gereken noktadasın.

Aslında kaybetmedin.

Kaybettiklerin, senden gitmesi gerekenlerdi.

Sen, seni daha da güzelleştireceklerle yoluna devam edeceksin.

Kaybettim diye üzüldüklerinin aslında kurtulduklarını olduğunu göreceksin.

Mesele kaybetmekse, kaybedeceksin.

Senden gidenlere üzülmeyeceksin.

Yerine daha iyilerini getireceksin.

Çünkü hayat kaybettiğin yerden başlar.

Kaybettiğin yerden, "Yeniden," diyeceksin...

**Her insan düşebilir, herkes kaybedebilir.**
**Mühim olan yola devam etmektir.**
**Her şeye rağmen devam edeceksin.**

## *Bu hayat benim.*

Neler yaşadığınızı bilmeden, yalnızca dışarıdan gördükleri kadarıyla hayatınızı yargılamaya çalışan insanlar olacak. Siz ne söylerseniz söyleyin ve ne anlatırsanız anlatın, anlamış gibi yapıp yine de kendi bildiklerinden vazgeçmeyen insanlar olacak. Nereye giderseniz gidin, onlar sizi hep bulacak ve her seferinde bunu yapacaklar. Vazgeçmeyecekler, pes etmeyecekler. Sana zar zor yeten hayat enerjini sömürmek, gününü zehretmek için gelecekler. Diğer tarafta da sen olacaksın. Gereksiz insanlarla mücadele vakfı değilsin belki ama hayatın boyunca bu insanlarla mücadele edeceksin. Ve her seferinde sana doğru geldiklerinde enerjini bir an olsun sömürmelerine izin vermeyip onlara Mevlâna'nın şu sözünü hatırlatacaksın:

**"Benim hayatımı yargılamadan önce**
**benim ayakkabılarımı giy ve**
**benim geçtiğim yollardan, sokaklardan,**
**dağ ve ovalardan geç.**
**Hüznü, acıyı ve neşeyi tat.**
**Benim geçtiğim senelerden geç.**
**Benim takıldığım taşlara takıl.**
**Yeniden ayağa kalk ve aynı yolu tekrar git benim gibi.**
**Ancak ondan sonra beni yargılayabilirsin."**

Seni yolundan çevirmeye çalışanlara, yanlış bir karar aldığında bedelini senin ödeyeceğin hayatına karışanlara şu cevabı vermekten çekinmeyeceksin: Bu hayat benim...

**Anlamayana anlatmayacaksın.**
**Sana sağır olana, sen de dilsiz olacaksın.**
**Değmez; kendini böyleleri için yormayacaksın.**

## *Tek başınasın.*

Kim ne derse desin, insan hayatta en zor sınavını tek başına veriyor.

İçinden çıkamam dediği her sıkıntıdan yine de bir şekilde tek başına çıkıyor.

Yanında duran insanlar oluyor tabii ki ama yanındayım diyenler de insanı bir yere kadar anlıyor; çünkü hiç kimse sınanmadığı acıyı tam anlamıyla anlayamıyor.

Fakat insanlara baktığımızda hepsi birer birer yaşamadığı acı üzerinden nasihat veriyor.

Kimse bilmiyor ki acıyı yalnızca yaşayan kalp hissediyor. Aslında herkes yalnızdır biraz. Bakmayın siz kalabalıkmış gibi görünen hayatlara. Dışarıdan gördüğünüz kadarıyla yargıladığınız hayatlar, sizin bir gün bile katlanamayacağınız ne zor mücadeleler veriyor.

Şunu bir türlü anlayamadınız: Hayat dışarıdan göründüğü gibi yaşanmıyor.

Acı yalnızca düştüğü kalbi yakıyor.

**Ve öyle bir çağ ki bu,**
**insan insana sığınmaktan çok yalnızlığına sığınıyor.**

Hayatımızı ne bizi unutmuş
insanları hatırlamakla
ne de canımızı acıtacak anıları
anmakla geçirmeliyiz.
Şunu bir kabullenelim
Bazı şeyler yaşandı ve bitti.

# İhtiyacın olan tek şey zaman.

Hiçbir eczanede satılmaz ama zaman da bir ilaçtır.

Boşuna söylememiş eskiler: "Zaman her şeyin ilacıdır."

Bütün taşları gün geçtikçe yerine oturtandır.

Hepimizin hayatında boğuştuğu sıkıntıları ve dertleri var.

Herkesin acısı kendine büyük gelse de hiçbirimiz kaldıramayacağımız bir acıya sahip değiliz. Bir gün hepsini yenerek iyileşeceğiz. Nasıl mı?

Zamanla. Belki hayatımızdan günler eksilecek ama her şeyin bir bedeli var. Bu bedeli ödeyip hayata daha güçlü döneceğiz.

Şems-i Tebrizî ne diyordu:

**"Sabırlı olun, iyi şeyler bir gecede olmuyor.**
**Beklediğinize değeceğini zaman size ansızın**
**gösterecektir."**

Zamanın her şeyin ilacı olduğuna bir örnek:

Bundan bir önceki acını düşün. Belki de çok acı çekiyordun. Belki de kendinde o acıyı atlatacak gücü göremiyordun. Zaman geçti ve iyileştin. Şimdi belki de o acına üzüldüğün için kendine gülüyorsun. Hayat böyledir. Önce acıtır, sonra seni yaşattığı acıya güldürür.

Tüm mesele buna ayak uydurabilmekte.

İhtiyacın olan tek şey zaman.

**Sen, aynada gördüğün senden daha fazlasısın.**

## İyilik enayilik değildir.

Bazı insanlar kendisine kötü davranılmasına öyle alışmış ki, iyilik gördüğünde bunu enayilik sanıyor. İçinde kötülük barındıran insanlar değiliz ama kabul edelim, bazı insanlar ve olaylar yüzünden yapacağımız bir diğer iyilikte iki kere düşünüyoruz. Çünkü iyi niyetimizi suiistimal ediyorlar ve biz bir daha iyilik yapamayacak evreye geliyoruz. Biz iyiliği karşılığını beklemeden yapıyoruz. Karşılığında istediğimiz tek şey pişman edilmemek; ama ne yazık ki ediliyoruz. Sonra ayıkla pirincin taşını.

Aslında her gördüğümüz insana iyilik yapmamamız gerektiği konusunda Balzac bizleri şöyle uyarmıştı:

**"İnsanlara, onları size nankörlük yapmaya**
**mecbur bırakacak kadar**
**büyük iyiliklerde bulunmayın."**

Dinleyemedik. Hatta iyilik yapmaya o kadar alıştık ki bazen, bazı insanlar bunu vazifemiz zannetti.

**Biz iyiliği Allah rızası için yapıp unuttuk,**
**onlar bunu enayilik bildi.**

"Devesiyle birlikte çölde yürümekte olan bir bedevi, güçlükle yürüyen, susuzluktan dudakları kurumuş bir adama rastlamış. Adam bedeviyi görünce su istemiş. Bedevi de adama içmesi için bir kap su vermiş. Suyu içen adam birden bedeviyi iterek deveye atladığı gibi kaçmaya başlamış. Bunun üzerine deveyle kaçan hırsız adamın arkasından bedevi bağırarak şöyle demiş: 'Tamam, deveyi al git ama senden ricam sakın bu olayı kimseyi anlatma!'

Bu isteği tuhaf bulan hırsız adam duraklayıp geri dönmüş ve neden böyle bir şey dediğini sormuş.

'Eğer anlatırsan,' demiş bedevi, 'bu her yere yayılır ve insanlar bir daha çölde muhtaç birini görünce yardım etmezler...'"[14]

## *Korkularının üzerine yürü.*

Korkularınla yüzleşmediğin ve onlara meydan okumadığın sürece onların esiri olursun. Sen korkularının esiri değil, korkuların senin esirin olmalı hayatta. Kaldır başını ve korkularının üzerine yürü. Bunu yapmadığın sürece onlar senin üzerine yürüyecek ve elini ayağını bağlayıp seni hareket edemeyecek hale getirecek.

Mesela yüzme bilmeyenler, kulaç atmayı denemediği için suda boğulacağını düşünür; ama yapılması gereken şey basittir: kulaç atmak. Korku öyle bir şeydir ki yüzleşmediğiniz ve onun üzerine yürümediğiniz sürece size kolunuz olduğunu unutturur.

Korkularınızın üzerine gitmenin en etkili yolu onları kabullenmeniz ve yola onlarla birlikte devam etmenizdir. Kendisinin kabul edildiğini gören korku, eskisi kadar gitmez insanın üzerine. Hayat bir futbol maçı gibidir, sürekli defans yapan golü yer. Sen sürekli atak yapmalısın. Her şeye ve herkese rağmen daima önüne bakmalısın.

Hayatını korkularından kaçmak yerine, korkularınla savaşacak güce sahip olduğunu göstererek yaşamalısın.

**"Yüzleşmeye cesaret edemediğimiz korkular, sınırlarımızı belirler,"** diyor Robin Sharma.

Şimdi soruyorum sana, korkularının belirlediği sınırlar içinde yaşamak mı? Yoksa onlarla yüzleşip, sınırlarını kendin çizdiğin bir hayatı yaşamak mı? Seçim senin.

"Bir adam gece yürürken taşlık bir yolda kayıp düşmüş. Yolun kenarında çok derin bir vadi olduğunu bildiği için yüzlerce metre aşağı düşme korkusuyla kenardan sarkan bir dala tutunmuş. Gecenin karanlığında aşağıda görebildiği tek şey dipsiz bir uçurummuş. Haykırmış ve kendi haykırışı geri yansımış; onu duyacak kimse yokmuş.

O adamı ve yaşadığı o işkence gibi geceyi hayal edin. Ölüm her an onu aşağıda beklerken onun elleri üşüyordu ve tutunacak gücü kalmamıştı... ama tutunmayı başarmış ve güneş doğarken bir de aşağı bakmış ki... kahkaha atmış! Uçurum yokmuş. Sadece bir karış aşağısında bir kaya çıkıntısı varmış. Bütün gece dinlenip uykusunu alabilecekken –çıkıntı yeteri kadar büyükmüş– ısrarla tüm gecesini bir kâbusa çevirmiş.

Kendi deneyimlerime dayanarak size diyeceğim şu ki:

Korku, bir karış derinlikten daha fazlası değildir. Şimdi, dala yapışmaya devam edip hayatınızı bir kâbusa dönüştürüp dönüştürmemek ya da dalı bırakıp kendi ayaklarınızın üzerinde durmayı isteyip istememek sizin bileceğiniz iş. Korkacak bir şey yok."[15]

"Korkarak Yaşıyorsan"* şarkısında ne diyordu Şebnem Ferah:

**"Denizleri seviyorsan dalgaları da seveceksin.**
**Sevilmek istiyorsan önce sevmeyi bileceksin**
**Uçmayı seviyorsan düşmeyi de bileceksin.**
**Korkarak yaşarsan yalnızca hayatı seyredersin."**

* Söz ve Müzik: Şebnem Ferah, "Korkarak Yaşıyorsan".

## *Bazen tek çözüm, bakış açını değiştirmektir.*

Hayatta herkes inandığı doğruların peşinden gider. Herkesin bir hayat felsefesi, bir hayat görüşü, bir bakış açısı vardır. Ama hayata her gün baktığımız pencereden bakarsak, yaşadığımız hayattan zevk alamayız.

Bazen olaylara başka pencereden bakmak gerekir. İşte o zaman hayat daha yaşanır bir hal alır.

Bakış açımız aynı kalırsa, hayata sürekli aynı pencereden bakarsak sürekli aynı şeyleri görür ve olduğumuz yerde sayarız.

Benim de zamanında elde etmek istediğim ama hayata bakış açım yüzünden elde edemediğim şeyler oldu. Ben bakmayı bırakmak yerine hayata, olaylara ve insanlara bakış açımı yani penceremi değiştirdim. Bunu yaptığımda hem kendimi daha çok keşfettim hem de iyileştiğimi fark ettim. Elde etmek istediğim şeylere koşmayı bıraktım mesela. Onların bana gelmesine izin verdim. Mesela bazı şeyleri özgür bırakmayı öğrendim; özellikle de kaybetmekten korktuğum şeyleri. Benden gitmek isteyen her ne ve kim varsa buna izin verdim. Meğer bazen çözüm, insanın bakış açısını değiştirmekmiş. Çok sonra öğrendim.

Size olaylara bakış açınızı değiştireceğini düşündüğüm "Patates, Yumurta ve Kahvenin Hikâyesi"nden bahsetmek istiyorum. Okuyanlar bilir bu hikâyenin bakış açısına farklı bir açı kazandırdığını.

"Bir zamanlar her şeyden sürekli şikâyet eden, her gün hayatın ne kadar berbat olduğundan yakınan bir kız vardı. Hayat ona göre çok kötüydü ve sürekli savaşmaktan, mücadele etmekten çok yorulmuştu. Bir problemi çözer çözmez, bir yenisi çıkıyordu karşısına.

Genç kızın bu yakınmaları karşısında, aşçı olan babası ona bir hayat dersi vermeye niyetlendi. Bir gün onu mutfağa götürdü. Üç ayrı cezveyi suyla doldurdu ve cezveleri ateşin üzerine koydu. Cezvelerdeki su kaynamaya başlayınca bir cezveye patates, bir cezveye yumurta ve diğer cezveye de kahve çekirdekleri koydu. Daha sonra hiçbir şey söylemeden beklemeye başladı. Kızı da hiçbir şey anlamadığı için babasının yaptıklarını seyrediyor ve sonunda karşılaşacağı şeyi görmeyi bekliyordu. Ama o kadar sabırsızdı ki sızlanmaya ve daha ne kadar bekleyeceklerini sormaya başladı. Babası onun sorusuna cevap vermedi. Yirmi dakika sonra adam cezvelerin altındaki ateşi kapattı. Birinci cezveden patatesi çıkarıp tabağa koydu. İkinci cezveden yumurtayı çıkardı ve diğer cezvedeki kahveyi de bir fincana boşalttı. Sonra kızına dönüp sordu:

'Ne görüyorsun?'

'Patates, yumurta ve kahve,' diye alaylı bir cevap verdi kız.

'Daha yakından bak! Patatese dokun,' dedi baba.

Kız söyleneni yaptı ve patatesin yumuşamış olduğunu söyledi.

'Aynı şekilde yumurtayı da incele,' dedi baba.

Kız kabuğunu soyduğu yumurtanın da katılaştığını gördü. En sonunda kızının kahveden bir yudum almasını söyledi. Babasının bu söylediğini de yapan kızın yüzüne kahvenin nefis tadıyla bir gülümseme geldi. Ama kız yine de bütün bunlardan bir şey anlamamıştı ve babasına şöyle sordu:

'Bütün bunlar ne anlama geliyor baba?'

Babası, patatesin de yumurtanın da kahve çekirdeklerinin de aynı sıkıntıyı yaşadıklarını, yani kaynar suyun içinde kaldıklarını anlattı. Ama her biri bu sıkıntı karşısında farklı farklı tepkiler vermişti. Patates daha önce sert, güçlü ve tavizsiz görünürken, kaynar suyun içine girince yumuşamış ve güçten düşmüştü. Yumurta ise çok kırılgandı, dışındaki ince kabuğun içindeki sıvıyı koruyordu; ama kaynar suda kalınca yumurta sertleşmiş ve katılaşmıştı.

Fakat kahve çekirdekleri bambaşkaydı. Kaynar suyun içinde kalınca, kendileri değiştiği gibi suyu da değiştirmişti ve ortaya tamamen yeni bir şey çıkmıştı.

Baba kızına döndü ve tekrar şöyle sordu:

'Sen hangisisin? Bir sıkıntı kapını çaldığında nasıl tepki vereceksin? Patates gibi yumuşayıp ezilecek misin? Yumurta gibi kalbini mi katılaştıracaksın? Yoksa kahve çekirdekleri gibi başına gelen her olayın duygularını olgunlaştırmasına ve hayatına ayrı bir tat katmasına izin mi vereceksin?'"[16]

Şimdi soruyorum sana: Sen hangisisin?

## *Kendine yaptığın en büyük haksızlık, bazı insanların seviyesine inmektir.*

Canımızı sıkacak ve acıtacak, sinirimizi tavana zıplatacak, bizi hayal kırıklığına uğratacak insanlar ve olaylar; biz hayatta olduğumuz sürece peşimizden eksik olmayacak.

Bunu bir kabullenelim ilk önce. Başımıza geldiğinde, "Hep beni mi bulur?" diye isyan edip onların seviyesine inmek ise kendimize yaptığımız en büyük kötülüktür.

Arkandan konuşanlar olabilir, seni yapmadığın şeylerle suçlayanlar olabilir, seni çekemeyenler olabilir. Bir zamanlar samimiyetine inandığın insan seni buna pişman edebilir. Sevgini nefrete dönüştüren insanlar da olabilir. Bunlar seni bulabilir ama dert değil.

Zaman zaman tüm bunlara öfkelenip onlardan intikam da almak isteyebilirsin.

Canın yandığı için sen de canlarını yakmak isteyebilirsin; ama öfkeni kontrol etmelisin ve kendine şu soruyu sormalısın: Değer mi? Evet, değer mi bazı insanların seviyesine inmeye ve onların istediği bir kalıba girmeye? Asla. Bazen en güzel cevap susmak ve görmezden gelmek. Zen ustası Lin Chi'nin tekne hikâyesini okuduktan sonra canımı yakanın canını yakmaya çalışmıyorum. Beni kendi seviyesine çekmeye çalışan insanların seviyesine inmeyi, kendime hakaret olarak görüyorum.

Öfkemi boş insanlara karşı kontrol edebiliyor oluşumu bu hikâyeye borçluyum desem yalan söylemiş olmam sanırım.

"En büyük zen ustalarından Lin Chi küçükken tekneyle gezmeyi çok severmiş. Küçük bir teknesi varmış ve onunla yalnız başına gölde saatler geçirirmiş. Bir keresinde gözlerini kapatmış, teknesinde meditasyon yapıyormuş. Akıntıyla sürüklenen bir tekne gelip teknesine çarpmış. Gözleri kapalı olduğu için birinin teknesiyle gelip çarptığını düşünmüş. Öfkelenmiş. Gözlerini açmış ve karşısındaki adamla o öfkeyle konuşmak için hazırlanmış. Sonra teknenin boş olduğunu fark etmiş.

Ve demiş ki: 'Öfkeyi boş bir tekneye yansıtmanın imkânı yoktu. Ben de dinen öfkemle geriye teknemi geriye yönlendirdim. Boş tekne benim farkına varmama sebep oldu. O sessiz gecede kendi içimde bir noktaya geldim. Eğer şimdi biri gelir ve bana hakaret ederse gülüp, *Bu tekne de boş,* diyorum."[17]

Günlük hayatımızda kendi yağımızda kavrulup giderken bizim de canımızı sıkan insanlar oluyor. Canımızı sıktığıyla kalmayıp, acıttıkları da oluyor.

O insanlara vermemiz gereken cevap tam olarak burada duruyor:

**Bu kayık da boş...**

## *Ucunda ölüm yok.*

Unutma ki ucunda ölüm olmayan her şeye mutlaka bir çare vardır bu hayatta.

Sürekli olumsuz düşünerek kendini daha fazla üzme.

Kabul ediyorum, kolay şeyler yaşamadın. Ve bunları yaşarken de tek başınaydın.

Şimdi aynanın karşısına geç ve kendine aynen şu sözleri söyle:

Nelerin üstesinden geldim, bunu mu atlatamayacağım.

Ben neleri arkamda bıraktım. Ne fırtınalı denizlerden geçmeyi başarıp gemiyi limana ulaştırdım. Yine yaparım. Ne iyiliğimi istemeyenleri sevindiririm ne de meydanı düştüğümde yerden kalkmamı istemeyenlere bırakırım.

Çıkmazdaysan, hayatında her şey üst üste geldiyse ve dertler üzerine yağmur olup yağdıysa sana da Hz. Mevlâna'nın şu sözünü hatırlatırım:

**"Bazen bitmek bilmeyen dertler**
**yağmur olur üstüne yağar.**
**Ama unutma ki, rengârenk gökkuşağı**
**yağmurdan sonra çıkar."**

Belki yorulurum, belki yıpranırım ama ben ucunda ölüm olmayan hiçbir acıya, hiçbir derde teslim olmayacağım. Hayatın derdi büyükse, dertten büyük Allah var.

Ben buna inanırım.

**Kendime sözümdür:**
**Beş kez düşsem,**
**altı kez ayağa kalkacağım.**

## *Mutluluğa giden yol.*

İlk olarak mutluluğa giden yol, "düşük beklenti" sokağından geçiyor. Mutlu olmak istiyorsan her şeye karşı beklentini düşürmen gerekiyor. Bakın Sabahattin Ali bizleri bu konuda nasıl uyarıyor:

**"Bu hayatta mutlu olmanın yolu,**
**beklentiyi düşük tutmaktır.**
**Yoksa kanatlarından vurulmuş kuşa dönersin."**

Hiç kimseden bir şey beklemediğin zaman senden hafifi ve mutlusu olmayacak. Dene, göreceksin.

Hatırlatayım; başarı ve mutluluk, olduğu yerde bekleyen insanlara gelmez.

Eğer gerçekten mutlu olmak istiyorsan, olduğun yerde durmayı bir kenara bırak ve harekete geç. Buna ne istediğine karar vermekle başla. Ne istediğini bilmeyen insanı, belirsizlik savurur her yere. Tamam, belki mutlu olmanın yüzde yüzü bizim elimizde olmayabilir ama bu bizi ilgilendirmez. Burada bizi ilgilendiren şey, üzerimize düşeni yapmaktır.

Artık bu bekleyişi sona erdir ve mutlu olmak için bekleme.

O sana gelmiyorsa sen gidip bul onu. Olduğun yerde durup mutluluğun sana gelmesini bekleyemezsin. Mutluluk senin içinde saklı. Onu sen keşfetmelisin.

Yunan mitolojisi mutluluğun sırrını şöyle anlatır:

"Olympus Dağı'nda toplanan tanrılar mutluluğun sırrını saklamaya karar vermişler; çünkü bulunduğunda değerinin insanlar tarafından bilinmesini istemişler. Tanrılardan biri, 'Onu, en yüksek dağın tepesinde saklayalım,' demiş. Bir diğeri, 'Yerin yedi kat dibine gömelim,' önerisini getirmiş. Bir başka tanrı, 'Mutluluğun sırrını okyanusun dibine saklayalım,' demiş. Nihayet bir tanrı harika bir öneri getirmiş: 'İnsanlar dağları, okyanusları, yerin yedi kat dibini keşfedecek zekâya sahip. Ama nedense bu zekâyı kendilerini keşfetmeye, kendilerini tanımaya yöneltmiyorlar. Mutluluğun sırrını onların yüreklerine gömelim. Nasıl olsa oraya bakmayı akıl etmeyeceklerdir.'"

Mutluluk yüreğinde. Dinle onu.

Hiçbir şey için geç kaldığını düşünme. Güneş her gün, bir şeyleri değiştirebilmen, istediklerini elde edebilmen ve her şeye rağmen hayatın yaşanmaya değer olduğunu hatırlatmak için doğuyor. Farkına var. Hayatın merkezinde ol, anda kal. Anı yaşa.

Mutlu insanlar anda kalabilen ve anı yaşayan insanlardır.

Bugüne odaklan, yarını yarın geldiğinde yaşa ve geç. Hiçbir şeyi erteleme.

Mutlaka bir B planın olsun. Düştüğünde kendin kalk. Kendine yetmeyi bil.

Hayatının merkezinde yalnızca sen ol.

Seni aşağı çeken ve iyiliğini istemeyen insanlardan arınmaya bak.

Başına gelen bir derde isyan etme; "Boşuna yaşamıyorum, beni daha da güçlendirecek," de.

Düşmeni, pes etmeni ve dibe doğru batmanı görmek için bekleyenler var, onlara asla bu fırsatı verme.

Gördüğün kedinin ya da bir köpeğin başını okşa. Kuşları seyret. Dalgaların her kıyıya vuruşunda küllerinden yeniden doğ. Gökyüzünü sahiplen, gözbebeklerin bulutlarla dans etsin. Doğayı sev. Bazı mutluluklar bedavadır. Yaşa. Üzerine doğan her yeni günün senin için bir fırsat olabileceğini unutma.

Geçmişin artık yaşanıp bittiğini kabullen. Gelecekten umut et. Sahip olduklarına şükret.

Beni takip eden insanlar her zaman şu soruyu soruyorlar:

"Her şeye rağmen nasıl bu kadar umutlu ve mutlusun?" Bu söylediklerimi uygulamaya başladığımdan beri bu hayata gelirken yanımda getirmediğim ve öldüğümde yanımda götürmeyeceğim dertler ve sıkıntılar için elimden geldiğince canımı sıkmıyorum. Sen de uygula, belki işe yarar.

Ve son bir şey daha; kendini asla küçümseme.

Mutlu olmak için birilerine ihtiyacın olmadığını ve kendi kendine de mutlu olabileceğine inan. Her zaman bir şeyleri değiştirebilecek güce sahip olduğunun farkında ol.

Fiziksel ve ruh sağlığın için mutlu ol. Bağışıklık sistemini daha çok güçlendirmek için mutlu ol. Hayatının her alanını zenginleştirmek için mutlu ol.

Özgüveninin artması için mutlu ol. Değerli hissetmek ve her şeye rağmen hayatın yaşanmaya değer olduğunu fark etmek için mutlu ol. Aileni, eşini, dostunu ve hayatındaki herkesi mutlu etmek için mutlu ol. Mutlu olmaktan zarar gelmez, olabildiğin kadar ol işte.

Mutluluğun önemini anlayan ve Mutluluk Bakanlığı olan bir ülke duydunuz mu daha önce?

Evet, yanlış duymadınız; Mutluluk Bakanlığı olan bir ülke var.

İlk okuduğumda ben de çok şaşırmıştım. Sonra iyice araştırdım ve daha derine inip gerçeği öğrendim. Hindistan ve Çin arasında yer alan bir ülke Butan.

1974'e kadar kapalı olan bu ülke birçok formaliteyi gerçekleştirdikten sonra ziyaret edilebilse de, sınırlı sayıda turiste açık olsa da, Kral birbirinden farklı yöntemlerle turist sayısını azaltmaya çalışıyor.

Mesela bu ülkede 1999 yılına kadar televizyon ve internet kullanmak yasaktı; ama teknolojiden de bu seneye kadar kaçabildiler. Kral, 1999 yılına kadar uyguladığı internet ve televizyon yasağını kaldırsa da dünyada televizyon kullanmaya başlayan en son ülke olduğundan söz ediliyor.

Ülkede evsiz insan yok. Sokakta kalan bir kişi bile olmamakla beraber, evini kaybeden insanlar olduğu zaman, onlara ev ve ekim yapabilecekleri arazi verilmekteymiş. Bunun için Kral'a gidilmesi yeterliymiş.

Daha önce sizin gibi Mutluluk Bakanlığı olan bir ülke ben de duymamıştım.

Butan'da insanların iç huzurunu ve mutluluğunu korumak için 2008 yılında Mutluluk Komitesi kurulmuş. Ülkede mutluluğa o kadar çok önem veriliyormuş ki nüfus sayım anketinde bile herkese hayatından memnun olup olmadığı soruluyormuş.

Sağlık hizmetleri ücretsizmiş ve belki inanmayacaksınız ama sigara bile yasakmış. Evet, paranızla satın alıp dahi içemiyorsunuz.

Hayvanlara ve doğaya karşı çok önem veriyorlar. Bir de bu konuda kırdıkları bir rekor da var üstelik. Butan halkı, sadece bir saat içinde elli bin ağaç dikerek dünya rekoru da elde etmiş.

Duyduğumda en çok şaşırdığım ikinci şey ise ülkede trafik ışıklarının olmaması. Evet, ülkede trafik ışıkları yokmuş ama bu halk için önemli değilmiş; çünkü orada herkes kurallara uyarak, arkadaşça yaşarmış.

Yani anlayacağınız mutluluğu ve iç huzuru korumak adına belki de bize göre kaskatı kuralları hayata geçirmiş bir ülke Butan. Duyunca etkilendim ve sonra kendi içimdeki ülkenin mutluluk bakanlığını kurmaya karar verdim. İç huzurumu ve mutluluğumu korumak için aldığım bazı kararlar oldu ve şu an uygulamaktayım. Siz de içinizdeki ülkenin mutluluk bakanlığını kurarak mutluluğunuzu koruyup onun devamlılığını sağlayabilirsiniz.

Kendi ülkenizin kralı sizsiniz, başkaları değil. Mutlu olmak için başkalarının sınırlarına ve kurallarına bağlı yaşamak zorunda değilsiniz. Kendi kurallarınızı koyun ve kendi sınırlarınızda mutlu olun. Siz mutlu oldukça, sınırlarınızın içindeki herkes mutlu olur.

Sizi başkaları mutlu etmez. Etse dahi, kimsenin size yaşattığı mutluluk, kendinize yaşattığınız mutluluk kadar değerli olamaz.

*Mutluluğa peşinden gidersen ulaşırsın. Olduğun yerde bekleyerek değil.*

“Beş yüz kişi bir seminerdeydi. Birden konuşmacı durdu ve bir grup çalışması yapmaya karar verdi. Herkese bir balon vererek başladı. Herkes gazlı kalemle balonuna adını yazmalıydı. Sonra bütün balonlar toplandı ve bir odaya kapatıldı.

Katılımcılar odaya alındı ve beş dakika içinde üzerine isimlerini yazdıkları balonu bulmaları söylendi. Herkes deli gibi kendi adını aramaya başladı, insanlar çarpıştılar, birbirlerini ittirdiler, tamamen bir kaos ortamı oluştu.

Beş dakikanın sonunda kimse kendi balonunu bulamamıştı.

Konuşmacı bu sefer herkesin bir balon almasını ve üzerinde adı yazan kişiye o balonu vermesini söyledi. Birkaç dakika içinde herkes kendi balonuna kavuşmuştu.

Konuşmacı dedi ki: ‘Yaşamımızda bunu görüyoruz. Herkes deli gibi mutluluğu arıyor ve nerede olduğunu bilmiyor. Bizim mutluluğumuz başkalarının mutluluğunda gizlidir.

Onlara mutluluk verin; sizinki size gelir. Ve insanların yaşam amacı da budur...

Mutluluğun peşinden gitmek.’”

Unutma, mutluluk olduğun yerde beklediğin sürece değil, peşinden gittiğin sürece sana gelir.

Nerede olursan ol, mutluluğun peşinden gitmekten vazgeçme. Şimdi ilk adımı at ve gülümse.

Bak, bir adım daha yaklaştın...

## *Biz sevdiğimiz için vazgeçmedik, siz kendinizi vazgeçilmez zannettiniz.*

Kendini vazgeçilmez zannedenlere kısa bir hatırlatma:

Bizim geçmişimiz kendini vazgeçilmez zanneden ve vazgeçtiğimiz insanlarla dolu.

Seviyoruz diye ve emek verdiğimiz için sevgimize bağlı kaldık, siz kendinizi vazgeçilmez zannettiniz. Keşke kibrinize yenik düşeceğinize, kendinizi vazgeçilmez zannedeceğinize, sizin için yapılanların değerini biraz bilseydiniz. Yeri geldiğinde vazgeçilmeyecek insan, zamanla geçmeyecek hiçbir acı yok, bunu böyle biliniz. Zamanında vazgeçmediysek, pes etmediysek, bu vazgeçilmez olduğunuz için değil, seviyoruz diyeydi. Ama değeri bilinmedi.

Aslında olayı şöyle özetleyebiliriz:

Sırf sevdiği için sabreden insanlar var.

Sevdiği için onca şeye rağmen elini taşın altına koyan insanlar var.

Sevdiği için haklı olsa da özür dileyen insanlar var.

Vazgeçilmez olduğundan değil, sevdiği için vazgeçmek istemeyen insanlar var.

Sırf sevdiği için.

Fakat bir de sevildiği için bencilliğe ve şımarıklığa teslim olan insanlar var.

Bir de sevildiğini hissettiği için elini taşın altına koymayan ve sevilmekle yetinen insanlar var.

Sevildiğini hissettiği için sevmekten üşenen, bahanelerin arkasına saklanan ve kendini vazgeçilmez sanan insanlar var.

Sırf sevildiğini hissettiği için. "Siz vazgeçilmez değilsiniz, vazgeçmeyen biziz."

**Sırf değer verip sevdik diye**
**vazgeçilmez hissettirdiysek**
**vazgeçmesini de biliriz.**

## *Sadece senin çabanla olacak olan varsın olmasın.*

Senin çabanla ayakta duran hiçbir samimiyete, hiçbir bağa ve hiçbir ilişkiye yer verme hayatında. Zoraki sevmeler ve ısmarlama duygular tat vermez insana.

Sevmiyor mu? Sen de sevme.

Sen, seni güzel sevene mucizesin.

Olmayacağını bildiğin ama oldurmak için hâlâ çabaladığın her şeyi artık çöpe at.

Temizlik iyidir. Hem de imandan gelir.

Ve en güzeli hafifletir.

Bak Charles Bukowski ne de güzel özetlemiş:

**"Tutunamadığın dalda yaprak olmaya çalışma."**

**"Sebepsiz gidenlere üzülme,**
**çürük olan meyve ağaçtan çabuk düşer."**

Sadi Şirazi

Bazı insanlar gittikleri zaman bize verecekleri zararı asla düşünmezler.

O an akıllarında tek bir şey vardır, gitmek. Yalnızca gitmek. Ve bunu çoktan kafalarına koymuşlardır. Giderler ve bununla da yetinmeyip bir süre sonra tekrar geri dönmek isterler. Gariptir ki bizim sevgimizden aldıkları gücü bize karşı kullanmak isterler.

Geri döndüklerinde sırf seviyoruz diye hiçbir şey olmamış gibi onları kabullenmemizi beklerler. Beklesinler bakalım, daha çok beklerler.

"Ee, ben gittiysem sen de kal demedin."

Gitmek istediğinizde, size gitme denmediği için sevmemiş muamelesi yapamazsınız kimseye. Buna hakkınız yok. Sevildiğinizi hissetmeniz için gitmeyi tercih etmenize de gerek yok.

Bu belki sizi pek bağlamıyor ama size duyulan güveni ciddi anlamda zedeliyorsunuz. Kimse siz gitmeyin diye ayağınıza kapanacak değil. Elinizdeki elin, hissettiğiniz sevginin değerini vaktinde bilin.

Size sunulan sevgi çiçeğini soldurmayın.

Kaybettikten sonra döktüğünüz gözyaşı, vaktinde değerini bilmediğiniz o insanı geri getirmez. Ve gittikten sonra geri dönmek isterseniz, bıraktığınız insanı bıraktığınız yerde bulamazsanız şaşırmayın. Kimse sizi bıraktığınız yerde beklemek zorunda değil, artık bunu anlayın.

**"Giden sizin için çok değerli de olsa,**
**kapıyı örtün ki;**
**içeride kalanlar üşümesin."**

Paulo Coelho

**"Zaten insan çok nankördür."**

İsrâ 67

Bakın Dostoyevski, bazı insanlara yaptığımız iyiliklerin ve fedakârlıkların karşılığında aldığımız nankörlüğü bize nasıl özetliyor:

**"Havalar soğuduğunda**
**insan gölge veren ağaçları unutur."**

Çiğ süt emmiş bir varlığın böylesine nankör oluşuna şaşırmamak lazım aslında. İnsan yine de yaptığı iyiliklere, fedakârlığa ve verdiği emeğe değsin istiyor fakat sonuç yine aynı. Değişmiyor işte. Bir insanın en kötü anında bile yanında olduğunda, ilk harcadığı insan sen oluyorsun. Düşeni kaldırıyorsun; düşen kalktığında, sana düştüğünü inkâr ediyor.

Kimseye kendinden daha çok değer vermemeli insan, önemsememeli. Anlam yüklememeli. Ne de olsa günün birinde bütün bunların karşılığında "yapmasaydın" deniyor. Uğruna değer dediklerimiz için tüm yaptıklarımız unutuluyor da insan kendisi için yapmadıklarıyla baş başa kalıyor. Adına tecrübe diyor, yaşanmışlık diyor ama bir türlü akıllanmıyor.

Asla yapmam dediği birçok şeyi tekrar tekrar yapıyor.

**Bu hissizlik babadan miras kalmadı.**
**Bize sevdiklerimizin ikramı.**

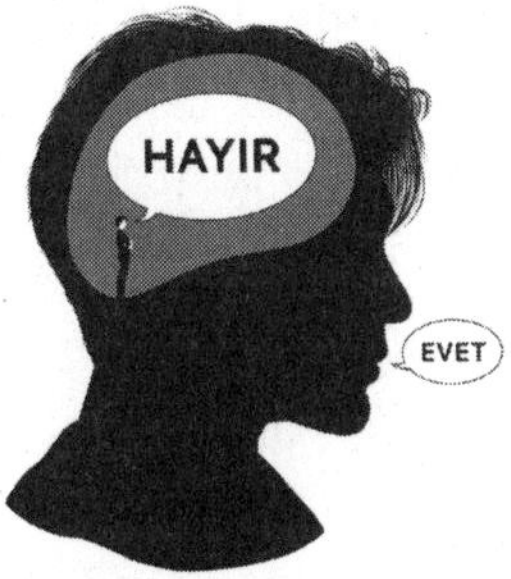


*Hayır dediğin için kaybettiğin kim varsa yolu açık olsun.*

İstediği gibi olmadığın bahanesiyle seni gözden çıkaran insanın kaybı için kendini üzme, yolu açık olsun. O senin kaybın değil, yükün. Bunun farkına var.

Evet dediğin her insanı sırtlanıyorsun bu hayatta. Sorumluluğunu alıyorsun. O yüzden artık biraz da kendi sınırlarını çizip hayır diyebilmeyi öğrenme zamanı.

İlk önce şunu bir kabullen: Hayır dediğin için kaybedeceğin kim varsa hayatından derhal çıkar ve hafifle. Evet demene alışmış insanların, sonra hayır demene şaşırmasını tuhaf karşılamamak lazım; çünkü onları sen alıştırdın.

Evet, burada suçlu arayacaksan uzakta aramaya gerek yok, suçlu sensin. Yıllardır evet diyerek fedakârlık yaptığın insanları ve olayları hesaplasan say say bitiremezsin belki de. Artık evet demeye biraz mola, hayır deme dönemine merhaba.

Aman hayır dersem kırılır mı, hakkımda yanlış düşünür mü, aman hayır dersem onu kaybeder miyim, hayır dersem beni sevmezse, hayır dersem ayıp olur mu diye düşündüğün için evet dedin. Herkese yetiştin ama kendine geç kaldın.

Aslında yapman gereken basitti; hayır diyebilmeyi alışkanlık haline getirip, buna saygı duymayanları hayatından uğurlayacaktın ama iyi niyetinden dolayı yapamadın.

Ama artık biraz da ben deme zamanı. Ben demeyi alışkanlık haline getirme zamanı.

Hayır dediğin için senden gidecek insan bırak gitsin zaten. O sana değer verdiği için değil, senin evetin için sendedir. Dert etme, bırak gitsin böyleleri. Onlardan sana ne hayır gelir ki? Sana saygı duymayan ve iyi gelmeyen ne kadar insan giderse hayatından, bu seni o kadar hafifletir.

**Hayır demenin faydaları:**

"Sorumluluk almazsınız.
Kendi sınırlarınızı belirlemiş olursunuz.
Önceliğiniz kendiniz olursunuz.
Başarıya yaklaşırsınız.
Stresten uzaklaşırsınız.
Zaman kazanırsınız.
Kendi özgürlüğünüzü inşa etmiş olursunuz.
İnsanları tanırsınız."

Hayır diyebilmenin insana sayısız faydası var; diyememenin de faydası olduğu kadar zararı var var. Sınırlarını çiz ve artık biraz da ben demeyi öğren.

Senin de nefes almaya ve hayatı yaşamaya hakkın var.

Unutma, hayır diyebilmek, özgürlüğüne özgürlük katar. Bu sana bağlı.

**Hani Hz. Mevlâna demiş ya:**
**"Ne kadar bilirsen bil,**
**söylediklerin karşındakinin anlayabildiği kadardır."**

Son zamanlarda bunu o kadar çok deneyimledim ki; anlatıp anlaşılmamanın ve herkesin ne kadar anlatırsam anlatayım, o insanda sadece anlamak istediği kadar var oluşumun yorgunluğu var üzerimde. Değişmiyor hiçbir şey; çünkü kabullenmiyorlar. İşlerine geleni anlıyorlar, senin söylediğin şeyler buhar olup uçup gidiyor; çünkü kulaklarını senin söylediklerine değil, yalnızca duymak istediklerine açıyorlar.

Sadece anlamak istediğini anlayan, hayata yalnızca kendi tozlu penceresinden bakan hiç kimse ne fikrimi ne de düşüncemi sorsun bana. Biraz da uzak dursun hatta.

Ne duyarsa duysun, zihninde hiçbir düşüncenin yerini değiştirmeyecek insanlara kapattım kapılarımı artık. Anlamak istediğinden iki adım öteye geçemeyen zihniyetler, fark ettim ki hem zaman israfı hem enerji. Ben dinlerim kendimi.

Bende bana sorulmadan önce verilen kararlara karşı sunacak fikir ve düşünce yok. Bitti. Bitirdiniz. Herkesin doğrusunu bildiği ihtimallerle ve aklındaki düşünceyle yolu açık olsun. Bende artık size duymak ve anlamak istediğiniz şeyleri söyleyecek, istediğiniz bir kalıba girecek ve istediğiniz gibi yön vereceğiniz bir ben kalmadı. Siz duymak istediklerinize açın o kulaklarınızı, ben artık size anlatmıyorum.

Tam da bu noktada Neşet Ertaş'a sonuna kadar hak veriyorum:

**"Halden anlamayanı kendi haline bırak."**
Ben artık herkesi kendi haline bırakıyorum.

## *Kendine bir iyilik yap. Sana ait olan bu hayatı, başkaları için yaşama.*

Herkes bir şeyler ister. Sağına dönersin beklenti, soluna dönersin beklenti.

Ama biri de gelip, "Sen de çok yoruldun, seni anlıyorum," deyip sarılmaz ya da dinlemez seni. Sen robotsundur çünkü. Senin duygularının, neyi nasıl düşündüğünün ve fikrinin bir önemi yoktur. Tek dertleri seni olmanı istedikleri kalıba sokmaları ve olmanı istedikleri gibi bir hayat sürmendir. Senin ne hissettiğinin ve ne istediğin önemsizdir.

Sürekli başkalarıyla kıyaslanırsın. Başkalarının başarısı, senin başarısızlığın vurulur yüzüne. Belki dinlenirim diye, en azından bunca hengâmenin içinde birinin varlığını hissettiğimde bir nebze de olsa mutlu olurum belki diye hayatına birini alırsın, o da gelir yük olur sana. O da seni değiştirmeye ve istediği gibi bir insan yapmaya uğraşır. Sen sensindir ve bunu kimse görmek istemez. Herkesin kendi hayatına bir an olsun bakmadan gelip senin hayatına yön vermeye çalışmaları hiçbir zaman bitmez mesela. Kendi yolundan değil de onların yolundan gitmen istenir; çünkü her şeyin en doğrusunu, en iyisini onlar bilir.

Aziz Nesin'in de dediği gibi:

**"Patronun köle gibi çalışmanı ister.**
**Ailen, onların istediği gibi biri olmanı,**
**sevgilin ise sürekli değişmeni ister.**
**Kimse olduğun gibi görmek istemez seni.**
**Herkes kendi icat ettiği gibi bakar sana.**
**Sonuç olarak bambaşka bir insan olursun."**

Sana bir hatırlatma: Sen sensin. Seni özünden ve benliğinden ayırmalarına izin verme. Kendi yolundan git. Yanlış olsa bile yol senin olsun. En azından kendi bildiğim yoldan gittim diyebileceğin bir yol olsun. Pişman olsan da, üzülsen de kendi kararların için yaşa bu duyguları. Başkalarının savunduğu gerçeklere kapat kulağını. Sen yalnızca kendi vicdanını dinle ve bir tek ona kulak ver. O senin en doğru rotan, en güzel yol arkadaşın olsun.

Hata da yapsan, yanlış da yapsan ben yaptım de. Benim yüzümden oldu de.

Kendi benliğin olsun ve onu kimse için terk etme. Benim hatalarım, benim yanlışlarım diyebilmek için kendi yolundan git ve kendi hayatının sınırları içinde kal. Seni değiştirmeye çalışanlar değil, seni olduğun gibi kabullenen insanlar olsun hayatında. Hem onlar seni daha güzel yapar.

Unutma, herkes kendi hikâyesinin kahramanı. Sen sensin, onlar da onlar. Kimse için değişme. Sevgi değişim istemez, olanı kabullenir. Onların olmasını istediği gibi biri değil, kendin olmak istediğin kişi ol. Kendin ol. İçinde bulunduğun bedeni ve düşünceleri hiçbir zaman terk etme. Bu hayat senin.

Başarılarınla, başarısızlıklarınla, mutluluğunla, acılarınla, kısacası seni sen yapan her ne varsa, git ve doya doya yaşa.

Dostoyevski'nin de dediği gibi:

**"Kendi yolunda yanlış gitmek,**
**başkasının yolunda doğru gitmekten iyidir."**

*"İmkânsız yoktur,
sadece az isteyen insan vardır."*

Hayat hiç kimseye karşılığını almadığı bir şeyi sunmaz.

Her şeyin karşılıklı olması gibi her şeyin bir de bedeli vardır.

Hayatımızın en güzel zamanlarını, istediğimiz bir bölümü kazanabilmek için aylarca belki de yıllarca çalışarak geçiririz.

Vitrinde gördüğümüz bir mont hoşumuza gider ve onu alabilmek için bir ay boyunca haftada yalnızca bir gün izin yaparak zaman zaman izin de yapamadan çalışırız. Hayat, gelmek istediğimiz noktaya ulaşabilmemiz için bizden zaman istiyor, uykusuzluk istiyor, emek ve sabır istiyor.

İnsanlar tam da bu noktada ikiye ayrılıyor:

***İstediğini alanlar***
***Hayata mağlup olanlar***

**İstediğini alanlar:** Sabırlı ve güçlü insanlardır. Karşılarına hangi zorluk çıkarsa çıksın sabrederek, çalışarak ve vazgeçmeyerek hayattan istediğini alırlar. İmkânsızı kabullenmez, meydan okurlar. İnsanlara değil, içindeki güce inanırlar. Enerjilerini doğru zamanda ve doğru yerde harcarlar.

**İstediğini alamayanlar ve hayata mağlup olanlar:** Sabırdan oldukça uzaklardır. Bir şeyleri yapabileceğine, başarabileceğine ve en önemlisi kendilerine olan inançları zayıftır.

Zorluklardan gol yerler. Golü yemelerine rağmen defans yaparlar, skoru değiştirmek için bırakın atak yapmayı, beraberlik bile uzak bir şeydir onlara. İçindeki gücün hiçbir şeyi değiştirmeyeceğini zannederler. Yenilgiyi kabullenirler ve hayata mağlup olurlar.

Ama hiçbir zaman kazanmak için savaşmamışlardır...

Peki sen hayattan istediğini alanlardan mısın, yoksa ben hayatın mağlubuyum diyenlerden mi? Hayat gerçekten bir maraton koşusu gibi. Gücünü doğru zamanda doğru yere kullanırsan, sabredersen, kendine inanırsan yarışta kalıyor ve istediğini alıyorsun.

"Marathon adıyla bilinen Maraton, Yunanistan'ın Atina şehrinin kuzeydoğusunda bulunan bir yerleşim yeriymiş. Milattan önce 490 yılında Atinalılar ve Perslilerin yaptıkları savaşı, Atinalılar daha az asker sayısına ve donanıma sahip olmalarına rağmen kazanmışlar. Pers hakimiyeti bölgede kaybolmuş; Yunanistan ve Atina, Pers esaretinden kurtulmuş.

Pheidippides isimli bir asker, kazandıkları bu savaşın müjdesini Atina'ya ulaştırmak için Maraton Ovası'ndan Atina'ya üç saatten kısa bir zamanda koşmuş. Müjdeyi de iletmiş iletmesine ama ulaştıktan sonra bitkinlikten ölmüş.

Maraton koşusu da müjdeyi verebilmek için 42 km durmadan koşan bu askerin ölümünden sonra geliyor. Bu kahraman askerin anısına Maraton Koyu ve Atina arasında yarışmalar düzenlemeye başlamışlar.

Uzun koşulara denilen Maraton koşusu bildiğiniz gibi ülkemizde de yapılıyor.

Maraton koşusu zor ve çok stratejik bir yarıştır. Bu yarışa başlarken öne geçmenin hiçbir önemi yoktur çünkü yarış uzundur. Yarışın en önemli zaman dilimi 20 ve 25. kilometre arasıdır. O noktadan sonra koşan kişinin kasları şiddetli bir şekilde ağrımaya başlar. Bu ağrılar 25. kilometreye kadar şiddetli bir şekilde artarak devam eder. Kendinizi iyi ayarlar, 25. kilometreyi başarırsanız yarışta kalır ve yarışı bitirebilirsiniz. 26. kilometre yeni bir başlangıçtır. Önemli olan yarışta kalmak ve başlangıç için vazgeçmemektir.

Vaktini ve enerjini, gereksiz insanlar ve olaylar için tüketme. Yol uzun, yarış zor. Sen bu yarışı kazanmak zorundasın. Kendine inanırsan başaracaksın. İnanmazsan hayatın mağlubu olacaksın. Seçim senin."

Bir kez daha tekrarlıyorum:

*İmkânsız yoktur, sadece az isteyen insan vardır!*

Ben imkânsıza inanmam. İnananları da anlamam. İnsanın istedikten sonra her şeyi başarabileceği gerçeğini savunurum.

Size bu hayatta hiçbir şeyin imkânsız olmadığına beni bir kez daha inandıran kişinin Christy Brown olduğunu söylemek isterim.

*Sol Ayağım* kitabını daha önce okuyanlar bilir, okumayan da mutlaka okusun derim. Ben de okuduğumda etkilenip yazarın hayatını araştırdım ve imkânsız denilenin de ötesinde yatan şeyleri öğrendim.

Christy Brown yirmi üç çocuklu bir ailenin hayatta kalan on üç çocuğundan biriydi. Dublin'de doğan Christy, beyin felçli dünyaya gelmişti. Bu hastalıktan konuşamıyor ve hareketlerini kontrol edemiyordu. Bir yer hariç... Sol ayağı...

Doktorlar onun aynı zamanda zihinsel engelli olduğunu söyleyip bakımevinde kalması konusunda ısrar etmişler; ancak ailesi, diğer çocuklarıyla birlikte yetiştirmek istemiş ve doktorları haksız çıkarmışlar. Özellikle de annesinin bunda payı çok yüksekmiş çünkü en çok o inanmış.

Aileyi sık sık ziyarete gelen sosyal hizmetler görevlisi Katrina Delahunt, onun sanata ve edebiyata olan ilgisini keşfetmiş, bu durumu yeteneğe dönüştürmek için o da annesi kadar çaba göstermiş. Bütün çabalar sonuç vermiş ve annesinden aldığı destekle kontrol edebildiği sol ayağını kullanarak yazmayı ve çizmeyi öğrenmiş. Kısa bir süre içinde önemli sayılabilecek bir ressam durumuna gelmiş.

Yardıma muhtaç olması, doktorların zihinsel engelli olduğunu düşünmeleri ve tekerlekli sandalyeye mahkûm olması; onu büyük yazarların ve edebiyatçıların arasına girmesini engelleyememiş.

Hatta sol ayağıyla bir tebeşir kullanarak yazdığı ilk kelimesi, "anne" olmuştur. *Sol Ayağım* * kitabında da annesine olan minnettarlığından ve sevgisinden bahsetmiştir.

---

* İstanbul: Nora Kitap, 2017.

Şimdi ben imkânsıza inanan insanlara; beyin felciyle dünyaya gelen, konuşamayan, sol ayağı hariç hareketlerini kontrol edemeyen, tekerlekli sandalyeye mahkûm olan ve doktorların zihinsel engelli olduğunu düşündükleri Christy Brown'ın bu hayat hikâyesiyle seslenmek istiyorum, gerçekten imkânsıza hâlâ inanıyor musunuz? Eğer inanıyorsanız sizi bu durumdan kimse kurtaramaz. Kendiniz hariç. Christy Brown kendine inanmasaydı ve imkânsız deseydi, sadece annesinin ve görevlinin desteğiyle bugün bunları başarabilir miydi? Sanmıyorum. O kendine inandı, imkânsıza değil. Bu hayatta çok önemli üç şey varsa hepsi de şudur:

Kendine inanmak, kendine inanmak ve yine kendine inanmak...

Kendine inanmadığın noktada hayatın mağlubiyeti seni esir alır.

Buna izin verme. Engellere, sorunlara ve bahanelere değil, kendine inan.

## *Kimse seni üzmedi. İnsanların seni üzmesine sen izin verdin.*

Doğru söyleyeni dokuz köyden kovarlar ama sen yine de bana kızma. Hem dost acı söylermiş. Gerçek dost da, üzüleceğini bilsen bile yanlışını düzeltmen için sana söylemekten çekinmezmiş. Hayatında olup biten bütün olumsuzlukların, sana uğrayan acıların, uğradığın hayal kırıklıklarının her birinin sorumlusu ne yazık ki sensin. Seni üzen olaylara ve insanlara kızma.

Onların hiçbir suçu yok. Buna sen izin verdin. Hani sürekli, "Neden hep ben kaybediyorum? Neden üzülen taraf ben oluyorum?" diye kendine soruyorsun ya, bunun sorumlusu insanlar değil, sensin.

Bunları kendini suçlu hisset, kendine kız diye söylemiyorum.

Gerçeği görmen için yardımcı oluyorum sadece. Şimdi diyeceksin ki, "İnsanlar kötüyse, karaktersizse benim suçum ne?" Evet, bazı insanlar kötü olabilir; evet, bazı insanlar karakter sorunu da yaşıyor olabilir. Müneccim de değilsin ki en başta bunu bilesin; ama onları hayatından çıkararak buna son verebilirsin. Bu senin elinde. Onları hayatında tutmaya devam ettiğin sürece buna sen izin vermiş olursun. Her şey onayınla oluyor anlayacağın.

Jim Rohn'un çok sevdiğim bir sözü var:

**"Bulunduğun yer seni memnun etmiyorsa, yerini değiştir. Ağaç değilsin."**

O yüzden sana iyi gelmeyen, seni üzen, değersiz hissettiren, hayatını zorlaştıran, enerjini tüketen insanları hayatından çıkar ya da sen onların hayatından çık. Kökün kimseye bağlı değil.

Hatırla, ne demişti Nietzsche:

**"Düşün, kim üzebilir seni senden başka?**
**Kim doldurabilir içindeki boşluğu sen istemezsen?**
**Kim mutlu edebilir seni, sen hazır değilsen?**
**Kim yıkar, yıpratır sen izin vermezsen?**
**Kim sever seni, sen kendini sevmezsen?**
**Her şey sende başlar, sende biter."**

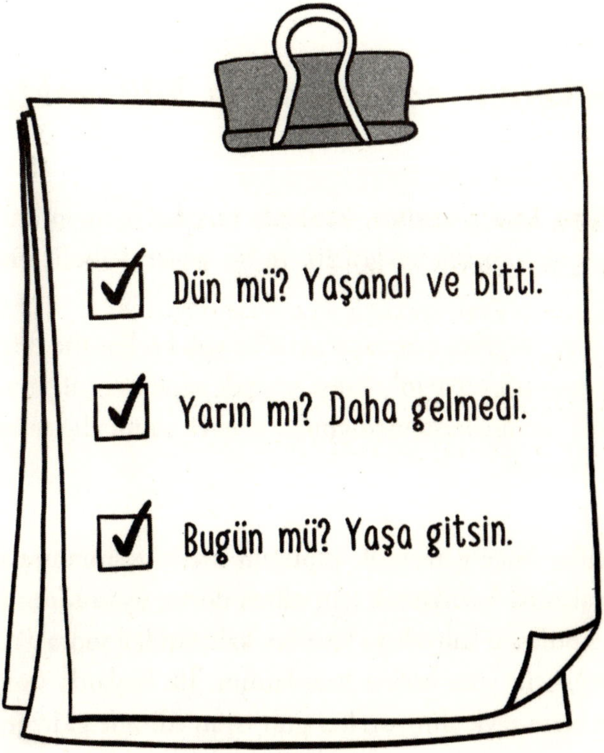
Dün mü? Yaşandı ve bitti.
Yarın mı? Daha gelmedi.
Bugün mü? Yaşa gitsin.

## *Sevginin açamayacağı kilit yoktur.*

Bana katılır mısınız, katılmaz mısınız bilmiyorum ama bence tüm mesele sevgisizlik ve bir şeyleri kabullenmeyişimiz.

Oysa sevginin açamayacağı kilit yok bu hayatta. Hayatta ne yaparsam yapayım daima severek yapmaya çalıştım çünkü kabullenmek istemediğim ve severek yapmadığım her şey beni yıprattı.

Yıllar önce garsonluk yaptığım otelin restoranını sabah kahvaltısına hazırlamak için sabah dörtte uyanırdım; restoranın büfesini kahvaltıya hazırlar, kahvaltıdan sonra da öğlen yemeği için yine büfeyi hazırlardım. İlk başlarda yaptığım işten zerre zevk almıyor, her gün isyan ede ede gidiyordum. Yaptığım bu iş bana göre değil, koskoca oteli ben mi kurtaracağım diye düşünüyordum; zamanla bu durumun beni yıprattığını fark ettim. Ya işi bırakacaktım ya da o dönem olduğum yeri sevecek, kabullenecek ve işimi severek devam edecektim.

Otele sabah dörtte girip öğleden sonra saat ikide oradan çıkıyordum. Eve gittiğimde duşumu alıp çok yorgun olduğum için uyuyakalıyordum ve gün zaten bitiyordu. Sonra baktım ki olmuyor, bu durum bana yalnızca ıstırap. Her gün herkes uykusunun en tatlı yerinde yatağında yatarken, ben uyandım ve işime gitmeye devam ettim. Zamanla o dönem yaptığım işin aslında benim işim olduğunu kabullendim ve her gün daha da severek yaptım. Oteldeki misafirlerin sabah içtiği çayı demleyen, kahvaltısını alabilmesi için ihtiyaç duyduğu tabakları büfeye koyan kişi olmayı sevmiştim ve her gün daha da güçlendim. Keyif aldım. Haftada bir gün iznim oluyordu; o günü doyasıya yaşamayı öğrendim ve sevdim.

Sorunumuz sevgi. Yaptığımız işi, bulunduğumuz yeri, hayatımızdakileri ve birçok şeyi sevemiyoruz.

Biraz sevmeye çalışsak, kabullensek, her şeyin aslında sevgiyle alakalı olduğunu göreceğiz.

*Vizontele** filmini hatırlarsanız televizyonun açılış töreninde başkan yaptığı konuşmada şöyle söylemişti:

**"Burayı seversen, burası dünyanın en güzel yeridir.**

**Ama dünyanın en güzel yerini sevmezsen,**

**orası dünyanın en güzel yeri değildir."**

Mutlu olmanın en, en, en önemli şartı; insanın bulunduğu yeri sevmesidir.

Sevdiği zaman oranın güzelliğinin farkına varıyor.

Sev, seni sevgi kurtaracak.

Kendinden kaçma, sevgiden kaçma, sevgi seni mutluluğa taşıyacak.

---

* Yönetmenler: Yılmaz Erdoğan ve Ömer Faruk Sorak, 2001.

Xsentus imzalı binlerce yıllık bir tapınağın yazıtı bakın bize nasıl sesleniyor:

"Gürültü patırtının ortasında sükûnetle dolaş, sessizliğin içinde huzur bulunduğunu unutma. Başka türlü davranmak açıkça gerekmedikçe herkesle dost olmaya çalış. Sana bir kötülük yapıldığında verebileceğin en iyi karşılık unutmak olsun. Bağışla ve unut.

Ama kimseye teslim olma. İçten ol, telaşsız, kısa ve açık seçik konuş. Başkalarına da kulak ver. Aptal ve cahil oldukları zaman bile dinle onları; çünkü, dünyada herkesin bir öyküsü vardır.

Yalnız planlarının değil, başarılarının da tadını çıkarmaya çalış. İşin ne kadar küçük olursa olsun ilgilen; hayattaki dayanağın odur. Seveceğin bir işi seçersen yaşamında bir an bile çalışmış ve yorulmuş olmazsın.

İşini öyle seveceksin ki başarıların bedenini ve yüreğini güçlendiririrken verdiklerinle de yepyeni hayatlar başlatmış olacaksın.

Olduğun gibi görün ve göründüğün gibi ol. Sevmediğin zaman sever gibi yapma. Çevrene önerilerde bulun ama hükmetme. İnsanları yargılarsan onları sevmeye zamanın kalmaz. Ve unutma ki insanlığın yüzyıllardır öğrendikleri, sonsuz uzunlukta bir kumsaldaki tek bir kum taneciğinden daha fazla değildir.

Aşka burun kıvırma sakın; o çöl ortasındaki yemyeşil bir bahçedir. O bahçeye layık bir bahçıvan olmak için her bitkinin sürekli bakıma ihtiyacı olduğunu unutma. Kaybetmeyi ahlaksız bir kazanca tercih et. İlkinin acısı bir an, ötekinin vicdan azabı bir ömür boyu sürer.

Bazı idealler o kadar değerlidir ki, o yolda mağlup olman bile bir zafer sayılır. Bu dünyada bırakacağın en büyük miras dürüstlüktür. Yılların geçmesine öfkelenme; gençliğe yakışan şeyleri gülümseyerek teslim et geçmişe.

Yapamayacağın şeylerin yapabileceklerini engellemesine izin verme. Rüzgârın yönünü değiştiremediğin zaman, yelkenlerini rüzgâra göre ayarla. Çünkü dünya, karşılaştığın fırtınalarla değil, gemiyi limana getirip getiremediğinle ilgilenir.

Ara sıra isyana yönelecek olsan da hatırla ki, evreni yargılamak imkânsızdır. Onun için kavgalarını sürdürürken bile kendi kendinle barış içinde ol.

Hatırlar mısın doğduğun zamanları; sen ağlarken herkes sevinçle gülüşüyordu. Öyle bir ömür geçir ki, herkes ağlasın öldüğünde, sen mutlulukla gülümse. Sabırlı, sevecen, erdemli ol. Eninde sonunda bütün servetin sensin. Görmeye çalış ki, bütün pisliğine ve kalleşliğine rağmen dünya yine de insanoğlunun biricik mekânıdır."[18]

**"Kaderiniz, karar anlarında biçimlenir."**
Anthony Robbins

Herkesin hayatında kırılma, değişim ve dönüşüm noktaları vardır. Geçmişe dönüp her baktığınızda iyi ki dedikleriniz, pişmanlıkla üzüldükleriniz ve benim hayatım tam da bu noktadan sonra değişti dediğiniz zamanlar vardır. Size burada anlatacaklarım da benim hayatımı değiştiren ve sonrasında birçok şeyi sorgulamama sebep olan kırılma noktamdır.

Bundan yıllar önce, daha henüz kitaplarım sizlerle buluşmadığı zamanlarda hayatımı kazanmak için garsonluk yapıyordum. Yoğun bir tempoyla çalışıyordum.

İşte o zamanlarda tanıdım, otelde aşçılık yapan Ali Osman abiyi. Eşi de kendisi gibi turizmciydi. Ali Osman abi; eşine iyi bir koca, küçük kızına da mükemmel bir babaydı. Mutlu ve huzurlu bir hayatı vardı. Her sabah küçük kızını bizim mahalledeki bakıcıya bırakır, oradan da arabasını servisin geçtiği durağa yakın bir yere park eder ve otele kadar servisle gelirdi. Benim onu yakından tanımam da tam olarak bu noktada başladı. Otelde mesaim erken saatlerde başladığı için sabah erkenden kalkıp servisin geçtiği durağa kadar her gün uzun bir yürüyüş yapmam gerekiyordu.

Ta ki Ali Osman Abi, "Kızımın bakıcısı senin mahallede oturuyor. İstersen sabahları arabayla geçerken seni de alayım, servise beraber geçelim," diyene kadar. Ben bu teklifi memnuniyetle kabul ettim. Bir süre bu tatlı aileyle sabahın erken saatlerini birlikte paylaştık. Yol boyunca bazen dertleştik, bazense birlikte şarkılar dinledik.

Kitabım çıktıktan sonra sorumluluklarım da arttı. Hem kitap reklamları hem imza günleri hem de yeni kitap hazırlıkları daha fazla zamanımı almaya başladı. Bir yol ayrımına geldiğimin farkındaydım. Sonuç olarak oteldeki işimden ayrılıp yazarlık yolunda ilerlemeye karar verdim. Bununla birlikte Ali Osman Abi'yle de sabah yolculuklarımız bitti. Ara sıra telefonda konuşuyor ve birbirimizin halini hatırını soruyorduk. Benimle gurur duyduğunu her seferinde söylerdi.

Ve o gün. O kara gün. Hayatın incecik bir pamuk ipliğine bağlı olduğunu öğrendiğim, yarınların bizler için aslında ne kadar da geç olduğunu anladığım o gün. Ben işi bıraktıktan kısa bir süre sonra, Ali Osman Abi ve eşi, her zamanki gibi kızlarını bakıcısına bırakmışlar. Kavşakta kırmızı ışıkta beklerken, ışıkta durmayan bir otobüsün kendilerine çarpmasıyla her ikisi de oracıkta can vermişler. Geride gözü yaşlı aileler ve anasız babasız büyüyecek bir kız bırakmışlar.

Haberi aldığımda yıkılmıştım. Kime üzüleceğimi şaşırmıştım. Ama takdiri ilahi, elden ne gelirdi ki? Nur içinde yatsınlar. Hayatı sorgulamam da tam olarak bu noktada başladı işte. Eğer ki kitap yazmamış, işi bırakmamış olsaydım o kazada ben de hayatımı kaybedebilirdim. Demek ki vadem henüz dolmamıştı. Yürümem gereken yollar, tanımam gereken insanlar ve görmem gereken yarınlar vardı. Bir saniye sonrasının bile büyük bir muamma olduğu şu hayatta, bir sis perdesi içerisinde yürüyoruz işte. Bazen zamansız ayrılıklar çalıyor kapımızı, bazense mucizeler. Önemli olan, yaşadıklarımızı nasıl anlamlandırdığımız, nasıl sorguladığımız. Hırslarımız, sahip olduklarımız değil, önemli olan, "Allah'ım ne verirsen hayırlısını ver," diye ettiğimiz dualarımız. Bir şey isteyeceksen hayattan, işte böyle iste. Gerisi mi? Gerisi üç günlük dünya işte.

"Bir zamanlar birisi Allah'tan bir çiçek ve bir kelebek dilemiş. Fakat Allah, bunların yerine ona bir kaktüs ve tırtıl vermiş. Adam üzülmüş.

Bir zaman sonra kaktüs çiçek açmış, tırtıl kelebek olmuş..."

Bakara suresi 216. ayet diyor ki:

**"Olur ki, bir şey sizin için hayırlı iken,**
**siz onu hoş görmezsiniz.**
**Yine olur ki, bir şey sizin için kötü iken,**
**siz onu seversiniz.**
**Allah bilir, siz bilmezsiniz."**

Bu hayatın derdi, tasası, acısı ve yorgunluğu hiçbir zaman bitmez.

Başımıza kötü bir şey gelir, üzülürüz ama unutmamalıyız ki Allah bizi daha beterinden koruyordur.

Hayat olması gerektiği gibi.

Hikâyemiz, bizi en hayırlısına saklayan tarafından yazılıyor.

Uyandığın her güne mutlu ol ve üzerine doğan her günü doğum günün bil.

Her gün yeniden doğduğunda ve o günü yaşadığında şükret.

Hiçbir şeyi zorlamaman gerektiğini, Allah'ın yazdığı kaderin senin için en hayırlısı olduğunu unutma.

**"Her şey üstüne gelip,
seni dayanamayacağın bir noktaya getirdiğinde,
sakın vazgeçme," diyor Hz. Mevlâna ve ekliyor:
"çünkü orası kaderinin değişeceği yerdir..."**

## *Vazgeçmeyeceksin.*

Üzülebilirsin, vazgeçmeyeceksin.
Umudun kalmayabilir, vazgeçmeyeceksin.
Yorulabilirsin, vazgeçmeyeceksin.
Kaybedebilirsin, vazgeçmeyeceksin.
Arkandan konuşabilirler, vazgeçmeyeceksin.
Eleştirebilirler, vazgeçmeyeceksin.
Suçlayabilirler, vazgeçmeyeceksin.
Yanında olmayabilirler, vazgeçmeyeceksin.
Tek başına kalabilirsin, vazgeçmeyeceksin.
Düşebilirsin, vazgeçmeyeceksin.
Başarısız olabilirsin, vazgeçmeyeceksin.

Vazgeçmeyi düşünebilirsin ama yine de vazgeçmeyeceksin.

Her şey gelebilir başına. Bütün sıkıntılar dayanabilir kapına.

Hatta dayanamayacağın bir noktaya da gelebilirsin ama vazgeçmeyeceksin.

Vazgeçeni ciddiye almıyorlar bu hayatta. Ne olursa olsun vazgeçmeyeceksin.

Hiçbir şey bitmedi, sen bitti demeden hiçbir şeyin bitmesine izin vermeyeceksin.

Unutma, vazgeçtiğinde yenilgiyi kabul edersin ama sen etmeyeceksin.

Mücadelene devam edeceksin. Bu yol senin, yürümeye devam edeceksin.

Ola ki vazgeçmeyi düşündün, o an aklına Abraham Lincoln'ün şu sözünü getireceksin:

**"Hiçbir şeyden asla vazgeçme çünkü vazgeçenler yalnızca kaybedenlerdir."**

*Sen kaybetmeyeceksin...*

## "İyiler daima kazanır."

İnsan iç dünyasında kendisini neyle beslerse ona dönüşür.

Zaman zaman hak etmeyen insanlara da iyilik yaptık ama önemli olan onların yaptığımız iyiliği hak edip etmemesi değil, bizim kendimize yakışanı yapmış olmamızdı. Biz de kendimize yakışanı yaptık. Belki yaptığımız iyiliklerin karşılığını alamadık ama kendimizi kazandık. Bazıları kötü diye biz de kötü olamazdık. Siz yine de kötü olmayın. Kendinize yakışanı yapın. İçinizdeki iyiliğe ve sevgiye sarılın. Kötülükle karşılaşsanız dahi içinizdeki iyilikten ve onu beslemekten vazgeçmeyin.

Birileri farklı olmak zorunda ve o siz olun.

"Yaşlı Kızılderili reisi kulübesinin önünde torunuyla oturmuş, az ötede birbiriyle boğuşup duran iki kurt köpeğini izliyorlardı. Köpeklerden biri beyaz, biri siyahtı ve on iki yaşındaki çocuk kendini bildi bileli o köpekler dedesinin kulübesi önünde boğuşup duruyorlardı. Dedesinin sürekli göz önünde tuttuğu, yanından ayırmadığı iki iri kurt köpeğiydi bunlar. Çocuk, kulübeyi korumak için bir köpeğin yeterli olduğunu düşünüyor, dedesinin ikinci köpeğe neden ihtiyacı olduğunu ve renklerinin neden illa da siyah ve beyaz olduğunu anlamak istiyordu artık. O merakla, sordu dedesine. Yaşlı reis, bilgece bir gülümsemeyle torununun sırtını sıvazladı.

'Onlar,' dedi, 'benim için iki simgedir evlat.'

'Neyin simgesi?' diye sordu çocuk.

'İyilik ile kötülüğün simgesi. Aynen şu gördüğün köpekler gibi, iyilik ve kötülük içimizde sürekli mücadele eder durur. Onları seyrettikçe ben hep bunu düşünürüm. Onun için yanımda tutarım onları.'

Çocuk, sözün burasında, Mücadele varsa kazananı da olmalı, diye düşündü ve her çocuğa has, bitmeyen sorularına bir yenisini ekledi:

'Peki,' dedi, 'sence hangisi kazanır bu mücadeleyi?'

Bilge reis, derin bir gülümsemeyle baktı torununa.

'Hangisi mi evlat? Ben, hangisini daha iyi beslersem!'"[19]

İçinizdeki iyiliği besleyin. Besleyin ki, kötülüğü yenin...

## *"Kimseden bir şey bekleme."*

Vermeyin işte tutamayacağınız sözler.

Dile getirmeyin yaşatmayacağınız sevgiyi. Sarf etmeyin arkasında duramayacağınız cümleleri. Yerine getiremeyeceğiniz beklentilere sokmayın kimseyi. Uğraştırmayın istemediğiniz yanlarınızla mesela. Kendi kabuğuna çekilmiş, kendisiyle vakit geçirmeyi ve mutlu olmayı öğrenmiş insanların girmeyin aklına.

Kısacası boş yere vermeyin umut insana. Düştüğünde kolay olmuyor kalkması ayağa.

Belki de bu durumu en iyi özetleyecek Kral ve Muhafız hikâyesinden bahsetmeliyim size.

"Bir gün bir Kral, dondurucu bir kış mevsiminde gecenin soğuğunda nöbet tutan muhafıza, 'Üşümüyor musun?' diye sorar.

Muhafız, 'Ben alışığım Kral'ım,' cevabını verir. Kral, 'Olsun, sana sıcak elbise getirmelerini emredeceğim,' der ve gider. Ancak bir süre sonra içeri girdiğinde emri vermeyi unutur. Ertesi gün duvarın yanında muhafızın soğuktan donmuş cesedini görürler; duvara da bir şeyler karalanmıştır ve şu yazmaktadır: 'Kral'ım soğuğa alışkındım; fakat senin sıcak elbise vaadin beni öldürdü.'"[20]

Bazen biz de tam olarak böyle kendi kabuğumuza çekilmişken, yalnızlığa alışmışken ve halimizden memnunken, birileri tıpkı bu kral gibi umut verip böyle yapıyor ve biz de beklentiye girip üzülüyoruz. Bu kısırdöngü her defasında böyle kendini tekrar ediyor. Biz de ne akıllanıyoruz ne de insanlara hayır diyebiliyoruz.

Bu iyi niyet, bu herkesi kendi gibi sanma alışkanlığı ve bu insanlara hayır diyememe daha çok iş açar bizim başımıza...

**"Mutlu mu olmak istiyorsun?**
**Kimseden bir şey bekleme,"**
derken çok haklıydı Bob Marley.

**"Üzüntüyle mücadele etmeyi bilmeyenler erken ölürler."**

Dr. Alexis Carrel

Hayatın zaten başlı başına mücadelenin ta kendisi; ama öyle bir şey var ki, ekstra mücadele etmemiz gereken, mücadele etmediğimizde ve kendimizi ellerine teslim ettiğimizde bizi mide ülserine götürecek kadar önemli bir şey: üzüntü.

Evet, üzüntü...

"Mide ülserlerine yedikleriniz neden olmaz. Ülserler sizi yiyenlerden oluşur," diyor Dr. Joseph Montague. Unutmamamız ve hatta hafızalarımıza kazımamız gereken bir detay bu.

Uğruna üzüldüğümüz insanları ve olayları gözümüzün önüne getirip kendimize şu soruyu sormamız gerekiyor: "Değer mi?"

Evet değer mi? Asla.

Ne günahlar işliyoruz, tövbe ediyoruz ve Allah'ın affına sığınıyoruz; o da bizi affediyor ama sağlık affetmiyor. Bu yüzden kendimize sık sık bu soruyu sorup en azından üzüntümüzün yükünü bir nebze de olsa hafifletmemiz gerekiyor diye düşünüyorum.

Her şeyi kafasına takan ve her şeye üzülen annem sürekli mide ağrısından şikâyet ederdi. Nedeni ise ülser olmasıydı.

Bunun sebebi ise üzüntü, kaygı, korku ve sinir bozukluğuydu.

Dale Carnegie okuduğum bir kitabında aynen şöyle diyor:

"Alın size çarpıcı bir gerçek; Amerika'da her yıl intihar edenlerin sayısı, en ölümcül beş bulaşıcı hastalıktan ölenlerin sayısından daha fazla. Neden mi? Yanıt basit; üzüntü!"

Ve ekliyor: "Üzüntünün bedelini sağlığınızla ödeyeceğinizi unutmayın. Üzüntüyle baş etmeyi bilmeyenler erken ölürler..."

Kaybettiğinde tekrar kazanabilir, düştüğünde tekrar kalkabilir, ağladığında tekrar gülebilirsin ama sağlığın gittiği zaman geri getiremezsin.

Şimdi tekrar sor kendine:

**Değer mi?**

**"Bir başkasının senin hakkındaki görüşleri senin gerçeğin olmak zorunda değil."**

Les Brown

Kim bu elâlem?

Ne ara onların söylediği bizim için bu kadar önemli oldu da, ne ara biz onlar için yaşar olduk? Ne ara giyeceğimiz kıyafetlerin, kurduğumuz hayallerin, yaşadığımız bu hayatın muhalifleri oldular? Bunlara o hakkı kim tanıdı?

İnsanlara akıl vermeyi sevmem. Hiçbir zaman böyle bir tarzım da olmadı. Ama bu yaşıma geldim ve elde ettiğim başarıyı neye borçluyum biliyor musunuz?

İnsanların ne düşündüğüne, ne hissettiğine ve ne dediğine zerre kadar önem vermememe. Onlara kulağımı tıkamama.

Bu hayatta başarılı ve mutlu olmak isteyen, elâleme kulağını tıkamasını bilsin. Bilmiyorsa da bir şekilde öğrensin; çünkü hayatın her anında olacak böyleleri.

Ne yaparsanız yapın konuşacaklar. Eleştirecekler ve muhalefet edecekler.

Hatta zaman zaman doğru bildikleri kalıplara girmediğinizde ayıplayacaklar.

Senin olan hayatın tasası onlara düşecek.

Onlar konuşacak, sen onlar konuştukça yol alacaksın.

Mutlu ve başarılı olmak istiyorsan insanlara kulağını tıkamayı bileceksin.

Doğru bildiğin yol sonunda yanlış çıksa dahi yürümekten vazgeçmeyeceksin.

Herkesi memnun edemezsin. Elâlemin ne dediği ve ne düşündüğü değil, içindeki sesin sana ne dediği önemli, bir tek onu önemseyeceksin. Elâlemin ne diyeceğini önemsersen, herkesi memnun etmek için uğraşıp durursan yalnızca kendini üzersin.

Ben insanların ne düşündüğünü, ne hissettiğini ve ne söylediğini dinleseydim yedi kitabım olmazdı, milyonlarca satmazdı ve sen de şu an bu kitabı elinde tutuyor olmazdın. Yani diyeceğim o ki, onlar her zaman konuşacak, her zaman eleştirecekler.

Sırf başarısız olman ve düşmen için dört gözle bekleyecekler. Fırsat verme.

Bir kez daha hatırlatayım: Bu hayat senin. Kötü sonuçlar aldığında bedelini senin ödeyeceğin bir hayatın hesabını yalnızca kendine ver.

İstediğin gibi yaşamaktan korkma. Elâlem için değil, kendin için yaşa.

Hatta öyle bir yaşa ki, bundan yıllar sonra yaşayamadığın bir hayatın pişmanlığını yaşama. Elâleme inat, korkmadan, cesurca, hayatının her anının değerini bilerek kendin için yaşa!

**Okudukça hayatının her anına sımsıkı sarıl diye, elâlem için değil de kendin için yaşa diye Nadine Stair'in şiirini armağan ediyorum sana:**

***Eğer Hayata Yeniden Başlayabilseydim...***

"Hata yapma konusunda daha gözü kara olurdum.
Rahat bir nefes alır, olabildiğince esnek davranırdım.
Daha boşvermiş yaşardım.
Ciddiyetten olabildiğince uzaklaşırdım.
Yeniliklere daha açık olurdum.
Daha fazla seyahat ederdim.
Daha çok tırmanır, daha çok yüzerdim.
Doyasıya dondurma yer, bezelyeye de pek el sürmezdim.
Kafamın içinde kavga etmekten ziyade,
Daha gerçek sorunlarla uğraşmayı yeğlerdim.
Gördüğünüz gibi; her günü, her saati,
En akıllıca yaşamak için elimden geleni yapardım.
Ah, eğer yeniden başlayabilseydim hayata,
Daha çok ânı yaşamaya çalışır, daha çok an biriktirirdim.
Öyle ki anlardan başka bir şeyim olsun bile istemezdim.
Bir andan ötekine;
Ne olduğunu anlamadan yaşadığımız
Anlar sürüsünden ziyade.

Yanında termometre, sıcak su torbası, şemsiye
Ve paraşüt olmadan
Bir yere adım atmayan insanlardandım.
Yeniden başlayabilseydim eğer,
Bahar geldi mi ayakkabılarımı bir kenara fırlatırdım,
Ve yalın ayaklarla yürürdüm sonbahara kadar.
Yeniden başlayabilseydim eğer,
Daha az yük alırdım sırtıma.
Doyasıya dans eder,
Daha çok atlıkarıncaya biner,
İstediğim kadar papatya toplardım."

## *İyiler karşılık beklemez.*

Karşılığını beklemeden iyilik yapan, yokken de verebilecek kadar cömert olan ve mutlu ederek mutlu olan insanlar pelerin takmaz ama onlar da birer kahramandır.

Herkesin kendi menfaatini düşündüğü ve karşılıksız hiçbir şey yapmadığı bu hayatta o insanlara denk geldiğinizde şaşırıyoruz; çünkü herkesin çıkarı kadarsın bu hayatta, bu bir gerçek. Kimse karşılığını beklemediği bir şey yapmıyor. Herkesin düşündüğü tek şey varsa yoksa kendi çıkarı. Oysa ne büyük bir zenginlik, karşılığını beklemeden yapılan iyilik ve yokken de verecek kadar gösterilen cömertlik.

Şu da bir gerçek ki, öldüğümüzde yanımızda götürebileceğimiz tek şey yaptığımız iyilik. İyiliğe yatırım yapın. Çocuklarınıza karşılık beklemeden iyilik yapmayı ve asıl zenginliğin bu olduğunu öğretin.

Almadan verin. En büyük servetiniz, içinizdeki iyilik olsun. Hatta o kadar çok zengin olun ki, hiç kimsenin parasının gücü size yetmesin. İnsanlara yalnızca kendi menfaati için katlananlar, karşılıksız hiçbir iyilik yapmayanlar ve sadece kendisini düşünenler de asıl zenginliğin gönül zenginliği olduğunu öğrensin. Asıl zenginlik gönül zenginliğidir, bu böyle bilinsin.

*Dünyanın en zengin iş insanlarından birine sormuşlar:*

*"Bu dünyada sizden daha zengini var mı?"*

*"Evet, benden daha zengini var," diye cevaplamış.*

*"Peki, kim bu?" diye sormuşlar bunun üzerine.*

*"Eğitimimi tamamlayıp şirketimi kurmaya karar verme aşamasında bir uçuş öncesinde New York'ta bir havaalanındaydım. Birden gözüme bir gazete satıcısı ilişti. Elindeki gazetelerin birindeki başlık ilgimi çekti. Elimi cebime attım ama hiç bozuk param yoktu. Oradan uzaklaşmak üzere ayrılıyordum ki gazete satıcısı genç delikanlı birden atılarak, 'Beyefendi buyurun, gazete benden size armağanım olsun,' dedi.*

*Ben de ona, 'Elimde bozuk param yok,' dedim.*

*O da, 'Size onu armağan ediyorum,' dedi.*

*Bu olaydan üç ay sonra yolculuğum yine aynı havaalanına denk geldi. Gözüm yine bir gazeteye ilişti. Elimi cebime attım ama yine bozuk param yoktu. Aynı satıcı çocuk geldi:*

*'Gazeteyi alın,' dedi.*

*Ben de ona, 'Oğlum, geçen gün aynı durum yaşandı. Sen bu durumla her karşılaştığında insanlara gazeteyi armağan mı ediyorsun?' dedim.*

*Dedi ki:*

*'Elbette. Ben verdiğimde, tüm kalbimle veriyorum. Bu da beni mutlu edip rahat kılıyor.'"*

*İş insanı sözlerini sürdürdü:*

*"Bu cümle benim aklımı öylesine kurcaladı ki, her zaman, Acaba o çocuk hangi mantık esasına ve hangi hissiyata göre böyle söylüyordu, diye düşünüp durdum.*

*On dokuz yıl aradan sonra ekonomik gücümün doruğuna ulaşıp, dünyanın en zengin adamı olduğumda bu genç delikanlının iyiliğinin karşılığını verebilmek için onu arayıp bulmaları için bir grup oluşturdum. Onlara, 'Falanca havaalanına gidin ve bana gazete satıcısı o genç delikanlıyı bulun,' dedim. Bir buçuk ay aradan sonra bir yerde bekçilik yaptığını öğrendim. Ona bir davet gönderip ofisimde ağırladım ve, 'Beni tanıyor musun?' diye sordum. O da, 'Evet, siz dünyaca ünlü bir iş insanısınız, herkes sizi tanır,' dedi.*

*Ona, 'Anımsar mısın sen küçükken gazete satıyordun. Bende bozuk para yoktu ve sen bana gazeteyi armağan ettin. Bunu neden yaptın?' diye sordum.*

*O da, 'Belli bir nedeni yok. Yalnızca, birine karşılık beklemeden bir şey verdiğim zaman mutluluk duyuyorum; beni rahat ve huzurlu kılıyor,' dedi.*

*Ona dedim ki: 'Sana iyiliğinin karşılığını vermek istiyorum. Dile benden ne dilersen!'*

*Dedi ki: 'Nasıl?'*

*Ona, 'Sana istediğin ne ise vereceğim,' dedim.*

*Gülerken bana dedi ki: 'Ne istersem onu mu, bu gerçek mi?'*

*Ona, 'Evet. Ne istersen vereceğim,' dedim.*

*O da, 'Size teşekkür ediyorum beyefendi. Fakat hiçbir şeye gereksinimim yok,' dedi.*

*Ona, 'Bir şey istemen gerekli, sana iyiliğinin karşılığını ödemek istiyorum,' dedim.*

*O da, 'Her şeyi yapacak gücünüz var ama benim iyiliğimin karşılığını ödeyemezsiniz,' diye yanıtladı.*

*Ona, 'Ne demek istiyorsun ve nasıl olur da ödeyemem?' dedim.*

*O da, 'Sizinle aramızdaki fark şu ki: Ben size yoksulluğumun doruğunda verdim ama siz zenginliğinizin doruğunda bana veriyorsunuz. Bu durumun karşılığı olmaz. Ne var ki sizin yaptığınız, yani karşılık vermeye çalışmanız beni mutlu etti. Teşekkür ederim,' dedi.*

*İş insanı sözlerini şöyle bitirdi:*

*"İşte o sözü, kendisinin benden daha zengin olduğunu hissetmeme neden oldu.*

*Çünkü en değerli verme çeşidi, senin ihtiyacın varken verebilmendir. Çocuğun bana yaptığı da bu oldu."*[21]

Bu olay bana İsâr ruhunu hatırlattı.

İsar ruhu: "Kendi ihtiyacı olduğu halde, zarar ve sıkıntılara katlanarak başkasının ihtiyaçlarını kendi ihtiyaçlarından önce düşünmektir."

*İsâr ruhuyla yaşamanız dileğiyle...*

## *Sağlıklıysan zenginsin bu hayatta.*

Görebiliyorsan, duyabiliyorsan, nefes alabiliyorsan ve sağlığın yerindeyse zenginsin bu hayatta, zenginiz. Gerisi bir şekilde halloluyor. Bu zenginliğin değerini bilmemiz gerekiyor.

Sunulan o kadar çok nimet var ki bize, bunun karşılığını Allah'a öde öde bitiremeyiz.

İsyan etmek yerine halimize şükretmemiz gerekiyor; görebildiğimize, duyabildiğimize ve nefes alabildiğimize.

Hatırlatmış olayım; Allah'ın bize sınırsız olarak sunduğu nefes, hastanelerde parayla satılıyor. Alabildiğimiz nefese sımsıkı sarılmamız, hayatımızın değerini bilmemiz ve hayattaysak Allah'a teşekkür etmemiz gerekiyor; çünkü her şeye rağmen yaşamamız isteniyor.

"Yetmiş sekiz yaşındaki bir adam ufak bir kriz geçirir ve hastaneye gider. Durumunun düzelmesi için yirmi dört saat boyunca oksijen verilen adam çok daha iyi hissetmeye başlar.

Durumun düzeldiğini gören doktorlar iki bin lira civarındaki faturayı getirince adam ağlamaya başlar. Adamın durumuna üzülen doktor, 'Ağlamana gerek yok, taksitle de ödeyebilirsin,' der. Adam ise, 'Mesele para değil, nakit öderim ücreti. Asıl mesele şu ki siz bana sadece yirmi dört saat oksijen verdiniz ve bunun için 2.000 lira istiyorsunuz. Bana yetmiş sekiz yıldır oksijen veren Yaradan'a borcumu nasıl ödeyeceğim onu bilmiyorum,' der."[22]

**İnanın zor değil, tekrarlayın:**
**Sahip olduğum her şey için şükürler olsun...**

*İnsanlar ikiye ayrılır:*
*Birincisi, kaybettiğinde pes edenler;*
*ikincisi, kaybettiğinde kaybettiği*
*yerden yeniden başlayanlar.*

Başına her şey gelebilir. Hayat seni bazen yorar, hatta her şey üzerine öyle bir gelir ki, bazen dayanacak gücün kalmaz ve adım atamayacak duruma gelirsin.

Başarısız olabilirsin. Kaybedebilirsin de. Hem kaybetmek iyidir, insana kazanmayı öğretir. Hayatın en keskin, en net gerçeklerinden biridir kaybetmek. İnsanoğlunun hayatında yer alan en önemli çarklardan biridir. Bazılarımız kaybetmenin yolun sonu olduğunu düşünür ama bu aslında kazanmamız için bir fırsattır.

Nasıl mı? Kaybeden her insan kazanmaya biraz daha yaklaşır. Başarısız olan her insan başarıya biraz daha yaklaşır. Hayat, insanı acıttığı yerden olgunlaştırır. Bu böyledir.

Yani normaldir kaybetmek, çok normal. Hepimizin en belirgin ve en benzer olayıdır kaybetmek. Kaybedenler olarak saf tutsak dolduramayız sanırım. Çok kalabalığız anlayacağınız. Kaybetmek yolun sonu değil, mutlu sona bir bilettir.

Kaybetmeden kazanamazsın. Başarısız olmadan başarılı olamazsın. Düşeceksin, kalkacaksın ve hayatındaki zorlukları bir bir böyle aşacaksın.

Şimdi sahibi olduğun her şeyi gözünün önüne getirmeni istiyorum. En yakın örneği verelim; mesela sen. Sahibi olduğun şimdiki duruşun, düşüncelerin, hislerin...

Kendini kolay kazanmadın sen. Şimdiki sana gelene kadar ve onu kazanana kadar ne badireler atlattın, neler yaşadın kim bilir. Buraya kadar geldin ama nasıl geldin?

Belki düşe düşe, belki kaybede kaybede. Sonuçta geldin ve nasıl geldiğini en iyi sen bilirsin. Belki şimdi de kaybetmiş olabilirsin ama üzülme:

**"İnsan kaybederken de çok şey kazanır."**

Şu an için yolun sonu değil. Hiçbir şey için geç kalmadın. Hikâyen devam ediyor. İhtiyacın olan tek şey zaman ve kendine inanmak. Lütfen kendine inanmaktan vazgeçme. Sen kendine inanmazsan, sana kimse inanmaz. Sen kendini sevmezsen, seni hiç kimse sevmez. Bu yolda en önemli şey, kendinle olan ilişkin. Onu iyi tut.

Hiçbir zaman vazgeçmeyeceğin, yorulsan da pes etmeyeceğin için kendine söz ver ve bunun da arkasında dur. Zifiri karanlıktan geçiyor olabilirsin ama unutma, güneş her sabah yeniden doğar. Güçsüz insanlar kaybettiğinde pes eder, güçlü insanlar hayata kaybettiği yerden başlar. Sen güçlüsün. Karşına hangi zorluk çıkarsa çıksın daima önüne bakacaksın.

Sende o potansiyel var.

Che diyor ki:

**"Kaybetmekten korkma;**
**bir şeyi kazanman için bazı şeyleri kaybetmelisin.**
**Ve unutma; kaybettiğinde değil,**
**vazgeçtiğinde yenilirsin."**

*Sen vazgeçmeyeceksin. Düştüğün yerden ayağa kalkıp,*
***"Hayat kaybettiğin yerden başlar,"***
*diyerek yoluna devam edeceksin.*

# Kaynakça

Camus, Albert. *Yabancı*. Çev., Vedat Günyol. İstanbul: Can Yayınları, 2012.

Carnegie, Dale. *Üzüntüyü Bırak Yaşamaya Bak*. Çev. Meltem Erkmen. İstanbul: Epsilon Yayınevi, 2013.

Toktamışoğlu, Murat. *Kendine Yeni Bir Hayat Ismarla*. Orman Kitap, 2020.

Özlü, Tezer. *Çocukluğun Soğuk Geceleri*. İstanbul: Yapı Kredi Yayınları, 2015.

bilgierdemdir.com
ceotudent.com
dersimiz.com
hayatakarken.com
malumatfurus.org
ruhsalyasam.com

Anonim Hikâyeler:

---

| | |
|---|---|
| 1 | Kurbağa Sürüsü |
| 2 | Öğretmen ile Öğrenciler |
| 3 | Yaşlı Adam |
| 4 | Derviş |
| 5 | Mutsuz Kral |
| 6 | Şişe Deneyi |
| 7 | Bin Aynalı Salon |
| 8 | Manzaralı Oda |
| 9 | Simurg |
| 10 | Zaman Bankası |
| 11 | Kırlangıcın Ömrü |
| 12 | Başarının Sırrı |
| 13 | İnsan Kalbi |
| 14 | Bedevi |
| 15 | Bir zen öğretisi |
| 16 | Patates, Yumurta ve Kahvenin Hikâyesi |
| 17 | Bir zen öğretisi |
| 18 | Mutluluğun Peşinde |
| 19 | İyilik ile Kötülük |
| 20 | Kral ile Muhafız |
| 21 | Gerçek Zenginlik |
| 22 | Yaradan'a Borcumuz |

Kitabı alınca Instagram hesabınızda
#hayatkaybettiginyerdenbaslar etiketiyle paylaşın
ve benden gelecek mesajı bekleyin.

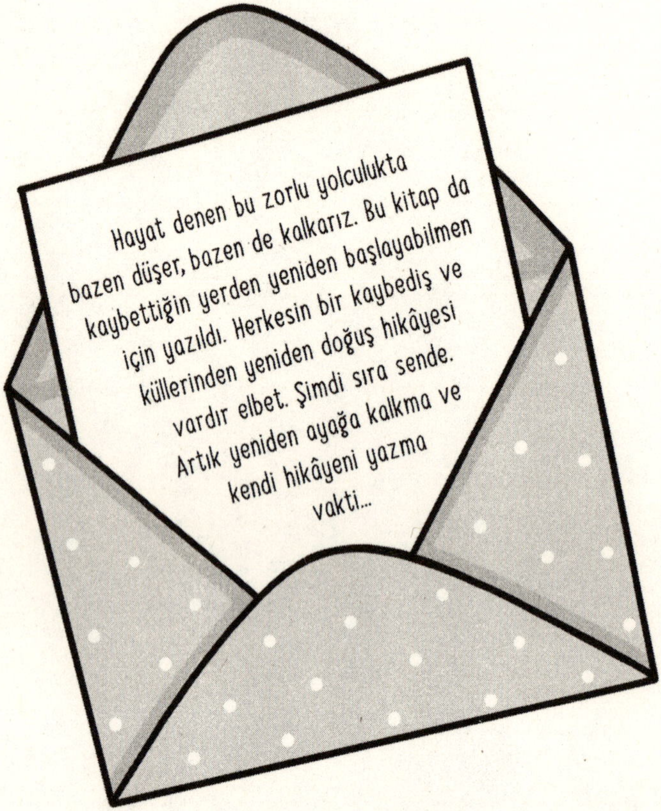
Hayat denen bu zorlu yolculukta
bazen düşer, bazen de kalkarız. Bu kitap da
kaybettiğin yerden yeniden başlayabilmen
için yazıldı. Herkesin bir kaybediş ve
küllerinden yeniden doğuş hikâyesi
vardır elbet. Şimdi sıra sende.
Artık yeniden ayağa kalkma ve
kendi hikâyeni yazma
vakti...